JN314593

汀《みぎわ》の砂

青桃

文芸社

目次

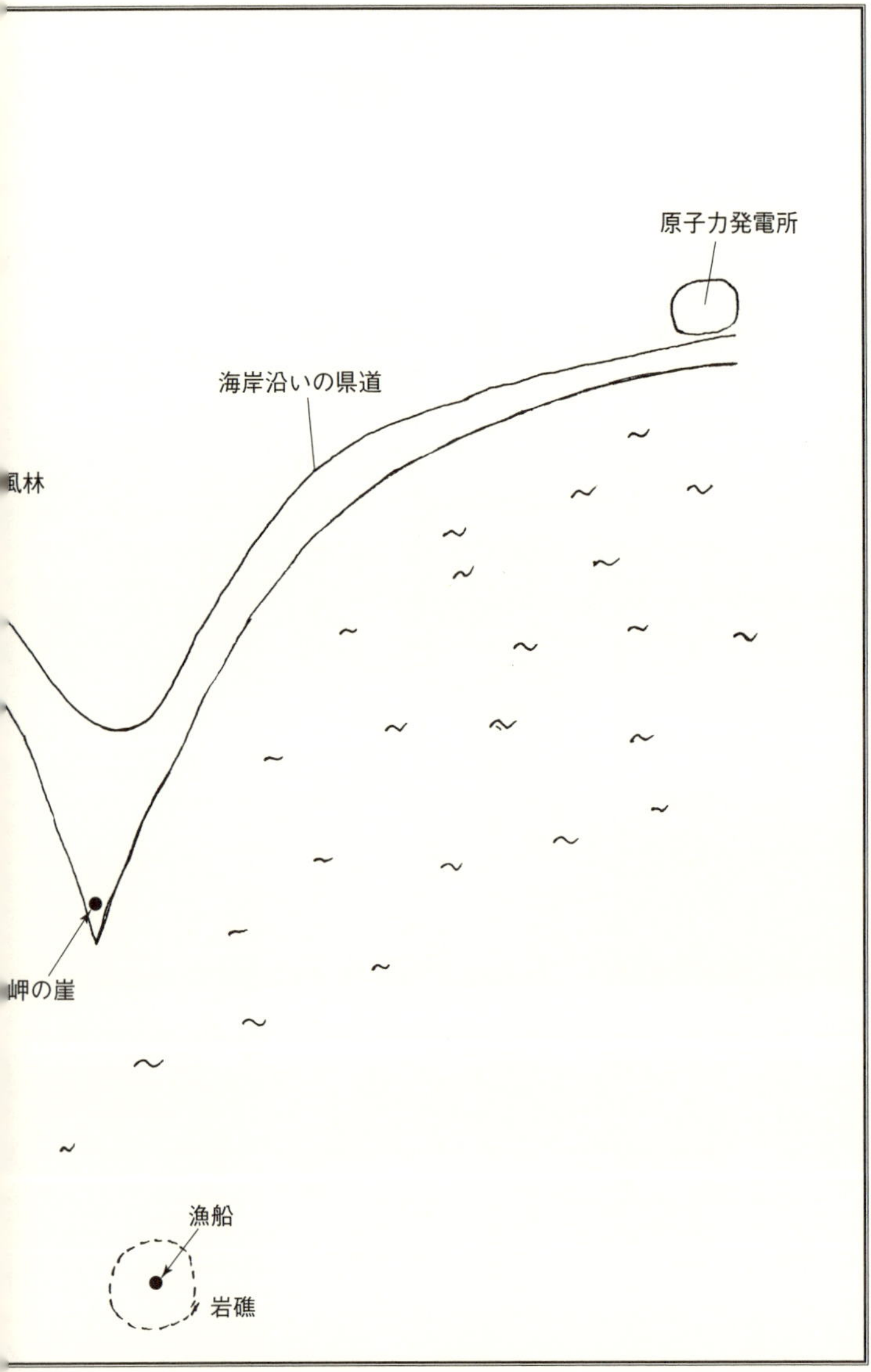
原子力発電所
海岸沿いの県道
風林
岬の崖
漁船
岩礁

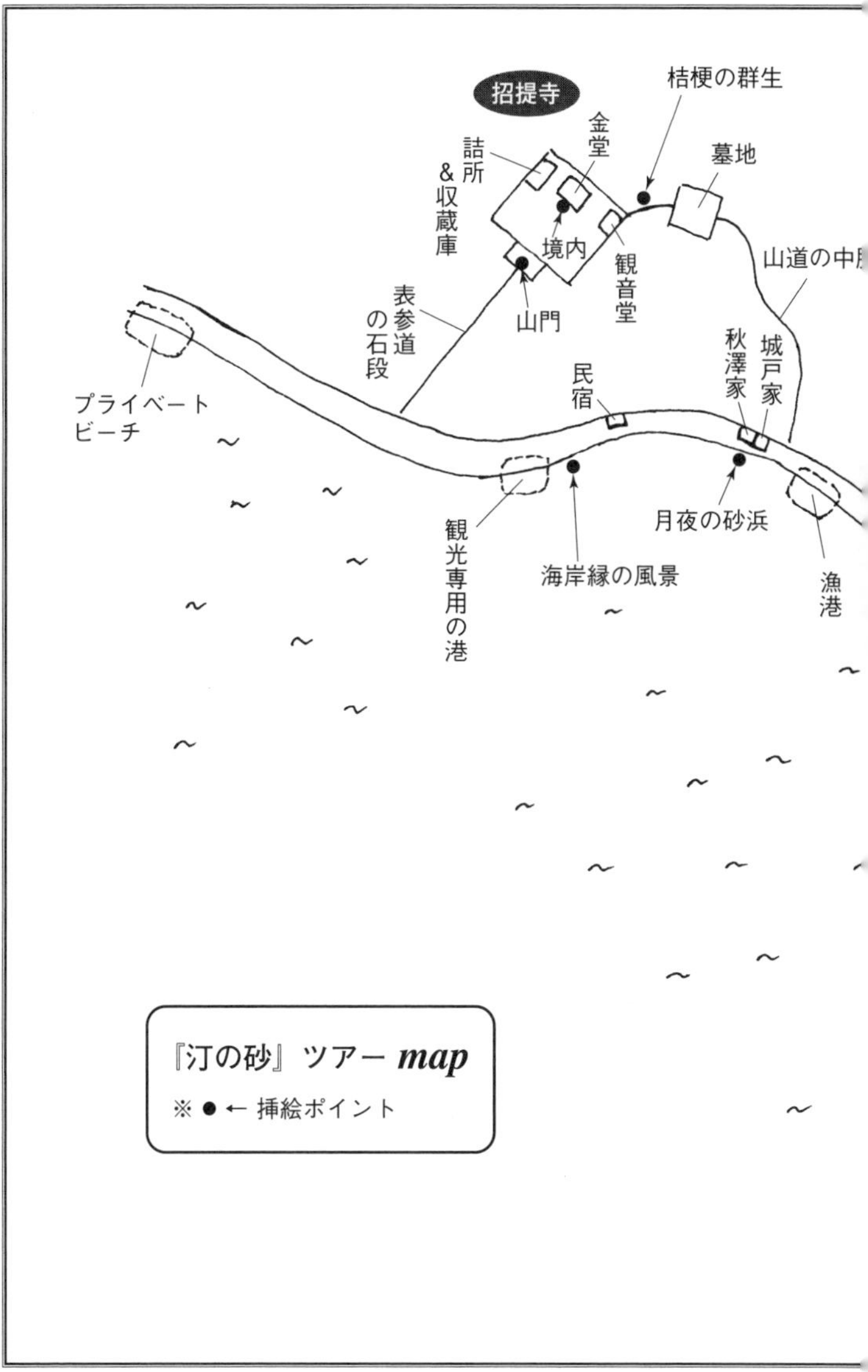
招提寺
桔梗の群生
金堂
詰所&収蔵庫
墓地
境内
観音堂
山道の中
表参道の石段
山門
民宿
秋澤家
城戸家
プライベートビーチ
観光専用の港
海岸縁の風景
月夜の砂浜
漁港
『汀の砂』ツアー map
※ ● ← 挿絵ポイント

汀《みぎわ》は炎の飛沫《しぶき》、砂は燃え尽きた灰。
人の因《よすが》は波の随《まにま》に、やがて汀に打ち寄せる。

端緒

抜けるような青空の広がる、秋の昼下がり。とある郊外。道形《みちなり》に長い塀が続く。塀の外では、子供たちの笑い声が響く。老人が、犬に連れられて散歩している。

一方、塀の内側は、うって変わって、重苦しい静寂に包まれていた。周囲を塀に囲まれた、鉄筋コンクリートの建物。窓という窓には、すべて鉄格子がはめられている。

涼やかな秋風が、さわさわと音を立てて木々を揺らそうとも、その堅牢な鉄とセメントの固まりは、静止画のごとく動かない。柔らかな日の光のみが、鉄格子をくぐり抜け、すべての房に惜しみなく注がれている。

房の一室、青年がひとり、陽光に弄《もてあそ》ばれている。

彼の運命を一変させた、あの夏の、焼けつくような日差しは、既に、南へと旅立っていた。

あれから数ヶ月、その間に、事態は思いもよらぬ方向へと展開し、もはや、彼一人の力では御し難いものへと変貌していた。青年は拘置所の独房の片隅で、水面に浮かぶ木の葉のごとく、ただいたずらに時が流れていくのに、身をゆだねるよりほかなかった。

考えると、まだほんの何ヶ月しか経っていない。しかし、この何ヶ月かで、青年は何倍も年をとってしまったように感じる。誰とも口をきくことなく、眠っているのか覚めているのかさえ分からず、やつれ果てていた。

ただ、することといえば、自問自答を繰り返すことだけ。

『あれは何だったのか？　そもそもの事の発端は……』

もつれた記憶の糸を、解きほぐそうと、糸口を探る。が、覚めない悪夢の樹海を、当て所もなく彷徨《さまよ》い続けた揚げ句、またしても同じ疑問に帰着する。

『そもそもの事の発端は……』

静寂を破って、廊下に看守の靴音が響く。靴音は、次第に青年の房へと近づいてくる。房の扉の前で靴音が止む。鍵の束の音。鈍い音と共に、重い金属の扉がきしみをあげて開く。

「出なさい。渡辺弁護士の面会です」

青年は、条件反射で立ち上がると、夢遊病者のごとく、ふらついて房を出て行く。

房の外は、秋の光で満ち溢れていた。廊下に燦々と降り注ぐ木漏れ日に、青年は目を細める。

「秋か……」

ふと、青年は呟き、目を閉じる。まぶたを通して、陽の光が紅く瞳の中に充満する。

すると、またぞろ例によって、同じ問答が頭をもたげてきた。

『そもそもの事の発端は……』

青年は目を開ける。

陽光が直に網膜に飛び込んでくる。

一瞬にして真っ白な光の渦に巻き込まれると、青年の脳裏に、十数年前のある夏の情景が浮かんでくる。

あの夏も、今年同様、異常な暑さだった。

まばゆいばかりの太陽。焼けつくような日差し。屋根という屋根、道端という道端、其処彼《そこかし》処《こ》から陽炎《かげろう》がもうもうと立ちこめ、まるで、亡霊たちが黄泉の国から手招きしているようだった。

日本海に突き出たとある半島。背には山がそそり立ち、眼前には海が広がる、侘しい漁師町。景色のみは美しいが何もない片田舎。

昼下がりの暑い盛りに、親子連れと思しき影が二つ、道端から溢れ出る草いきれの中を、とぼとぼ歩いている。

母親は、日傘を差している。その傘の内の顔は蒼白で、若さの割に見るからに精気がない。まだ幼さの残る少年が、今にも陽炎に飲み込まれそうな母をかばって、並んで歩いている。

しばらく行くと、寺の山門が見えてくる。

招提寺。辺鄙なこの辺りにしては、由緒正しき名刹で、古くは室町時代の末期、応仁の乱の頃、京の戦渦を逃れた人々によって建立された、浄土真宗の寺である。

こんな辺境の地には立派すぎるほどの、荘厳な佇まい。山門の大きな瓦屋根が、石畳に陰影を落とし、ふたりを圧倒する。

ふたりは、参道へと続く長い石畳の階段を、しばらく見上げていた。

階段の両脇は、木々で鬱蒼としている。寺は杜に守られ、来るものを寄せつけない雰囲気を醸していた。

実はもう一つ、この寺を名のあるものと成らしめている、曰くがある。それは、この寺に奉納されている、一体の観世音菩薩立像にまつわる口承である。

本尊は、阿弥陀如来像なのであるが、それとは別に、この観音像は、廃寺となった寺からもらい受け、以来秘仏として、金堂とは異なる観音堂に納められている。

天平時代の仏像で、専門家の間では歴史的文化的価値が高く、美術品としても、優れた造形物として評価されている。

一説によると、当時の名だたる仏師の手による傑作で、奈良の都のある寺に奉納されたものであったが、その後の遷都により、寺が廃れ、盗難や密売で各地を転々とし、ここにいたったらしい。いずれにせよ、流転の運命を辿った、謎多き観音像なのだ。

しかし、この観音像にまつわる曰くは、それだけに止まらない。

観音像を譲り受けて以来、招提寺は、百年に一度、必ず大きな火災に見舞われてきた。その都度、寺は甚大な被害を受けてきたが、なぜか観音像だけは、無傷で受け継がれてきたのだ。

地元の言い伝えによると、この観音像の無事と引き替えに、人柱となって焼け死ぬものが出る、とのことである。

先の火災は、廃仏毀釈の煽りであったらしいのだが、詳細な記録は残っておらず、当時の人々も、何も語らず仕舞いであった。

実は、そうした不可思議な出来事が度々起こることが引き金となって、その人智を惑わす力を封じるため、観音像は秘仏とされたらしい。

少年は、軽やかに階段を駆け上る。

眼前に、大きな山門がせり上がってくる。

少年の額からは、ますます汗が噴き出してくる。

階段の中程まで来たところで、少年は、ふと後ろを振り返る。母は階段をようやく数段上ったところで、立ち止まっている。

陽炎で、母の日傘が揺らいで見える。

少年は、階段を駆け下り、母の手を取る。少年ははっとして、全身の汗が引くのを感じた。母の手はじっとりと重く、氷のように冷たかった。

地の底から引き上げるがごとく、少年は、懸命に母の手を引いて、階段を上っていった。

山門をくぐると、今までの重苦しい威圧感が嘘のように、境内は明るい光に包まれていた。あたかも、浄土に辿り着いたがごとき有様である。

しばらくして、目が慣れてくると、正面に金堂が飛び込んでくる。

鵲《かささぎ》が舞い降りたような軽やかな屋根は、夏の日差しを柔らかな光に変え、境内の白州を輝かせていた。脇からそり出す杜の木々が、適度な木陰を作っている。

御手洗で手と口を清めると、少年は金堂めがけて駆け出そうとした。

「そっちじゃなくて、右へ行ってちょうだい」

母が少年の背中に声をかける。少年は母を振り返り、ゆっくりと右の方へと歩いて行く。

しばらく行くと、こぢんまりした風情の観音堂が見えてくる。

ふたりは観音堂の前に並び立つ。

格子戸越しに、少年は観音堂をのぞき込むが、中は暗闇に包まれている。

「何も見えない」

「ここの観音様は、秘仏なの」

「秘仏?」

「そう、五十年に一度しか公開されないの」

「母さん、見たことある?」

「ええ、就職して、ここを離れる前かしら……」

「どんなのだった?」

「とても美しいお姿をしていたわ」

「ふうん……」

「観音様って、どんな願いでも聞いて下さる、ありがたい仏様なの」

「ほんとに?　何でも叶えてくれる?」

「ええ」

少年はぽつりと呟く。

「どんな病気でも、治してくれる……」

少年は、言ってはまずいことを口にしたと、後の言葉を慌てて飲み込んだ。

横目で母の顔をうかがう。

母は刹那はっとしたが、すぐに、いつもの穏やかな表情に戻っていた。

母は息子に、自分は末期の癌で余命いくばくもないことを、告げられずにいた。しかし、息子はうすうす気づいている。小さい胸の内に、その苦しみを秘め、何も気づかないふりをして、ひたすら気丈に振る舞う息子。母にとって、その姿は、不憫でならなかったし、後ろめたさを感じていた。

ふたりは、観音堂に向かって手を合わせ、静かに目を閉じる。

少年は目を開け、観音堂の暗闇に目を凝らす。

隣で祈る母の姿。

観音堂の暗闇と母とが、少年の脳裏の奥で交錯する。

母の面影と観音像とが、重なり合っていく。

無数の記憶の断片が、フラッシュバックとなって、目の前をよぎる。さらに、それら一つ一つが光の渦をなし、脳を突き破り、眼球へとあふれ出てくる。

『そうか、すべては、あの日から……あの時から、こうなる運命にあったのか……』

「行きなさい」

青年を促す看守の声。

一瞬にして、目の前から光の渦は消え去り、青年は我に返る。

看守は、青年の背中を押す。看守に導かれ、青年は再び、夢遊病者のごとく、廊下を歩き去った。

覚醒

『帯広夏夫《おびひろなつお》か……厄介な事件』

今日も、弁護士渡辺は、面会室で夏夫の入室を待つ。その間、事件に関する資料を、ざっと復習《さら》っていた。

第一級殺人、及び重要建造物放火、その他、証拠隠滅等々の容疑……思案に暮れる大きなため息。

事件があったのは、およそ二ヶ月前の八月。北陸の日本海に面した半島の小さな漁師町。招提寺という当地きっての名刹が放火され、焼け跡から若い女性の焼死体が発見された。

目撃者の証言から、帯広夏夫という青年が、容疑者として身柄を拘束された。当初は痴情のもつれによる計画殺人か、と考えられた。

ところが、現地まで出向いて詳細を調べるうちに、不自然な点がいくつも浮上してきたのだ。

それに加え、目下重大な懸案事項が一つ。肝心要の容疑者夏夫本人が、まったく口の利けない状態なのだ。

今日も接見には来てみたものの、またしても何も聞き出せないまま時間切れを迎えるのではないかと思うと、まったく先が思いやられる。

振り返ってみると、渡辺が事件の一報を受けたのは、斉藤からであった。斉藤は、渡辺の事務所きっての有力な顧客である。そんなこともあって、それからずっと渡辺はこの事件にかかりっきりなのである。

『帯広夏夫といえば、斉藤家の使用人の息子であったはず……。使用人の息子のために、何故《なにゆえ》わざわざ、斉藤氏自ら手を煩わすのだろうか?』

事情を聞けば、実は斉藤と夏夫は、血の繋がった親子というではないか。親類縁者から殺人の容疑者があがったとなると、それだけでも厄介であるというのに、斉藤一族は、知る人ぞ知る大家《たいか》。これはまさしくお家のスキャンダル。

そのうえ、若い女が由緒ある寺で建物もろとも焼き殺される、という事件のセンセーショナルさも手伝って、世間は一気に色めき立った。マスコミの恰好の餌食となったことは、言うまでもない。

事件現場となった北陸の名も無い漁師町が、今や日本で最も有名な観光地と化したほどである。

これまでは、人影もまばらで、ひっそりと静まりかえっている片田舎であったのに、事件報道が全国ネットのテレビで放映されるやいなや、観光客と称する野次馬の類が、この町にわんさと押し寄せた。それを当て込んで、よその町から露天商や屋台店が繰り出すなど、招提寺周辺はてんやわんやのお祭り騒ぎとなった。

容疑者夏夫が収容されている拘置所には、連日連夜、マスコミ関係の車両が張り込んでいた。いざ、容疑者が押送されるとなると、マスコミはこぞってヘリコプターをチャーターし、にぎにぎしく護送車を追跡した。

渡辺は、担当弁護士という立場から、この事件のスポークスマン的役割も果たしてきた。それもこれも、斉藤家に直接火の粉がかからないよう細心の注意を払い、秘密裏に事を進めるためである。

その手段として、世間の注目をわざと渡辺に向けさせるよう仕向けた。渡辺一流の計らいである。そのせいもあり、渡辺は行く先々で群衆の好奇の目にさらされ、気の休まる暇《いとま》もなかった。

事件発生から二ヶ月ほど経て、ここにきてようやく大衆も事件報道に食傷気味になってきた。

『世の興味も、さしあたり収束に向かいつつある。少なくとも、公判が始まるまでは……』

渡辺は資料からふと目を上げる。被収容者と面会者を隔てるガラス窓を見つめる。うっすらと映る自分の姿。何だかくたびれた顔をしている。

渡辺は大きく深呼吸してみる。両指を頬に当てて、優しく押し上げて、少しばかり笑顔を作ってみる。

『忘れちゃいけない……』

渡辺は心の中で呟く。

ストライプのシャツブラウスのカラーを指でつまんで、しっかり立たせて、デコルテのラインを整える。

もとより、渡辺は、刑事事件を引き受けるつもりなど、毛頭無かった。

『刑事事件ってものは、リスクばかり高くて、実入りが少ない。その上、長期化する可能性も大いに危惧される』

そこまで自覚していながら、ずるずると付き合わされ、とどのつまりは、公判まで引き受ける羽目に陥るとは……。

それもこれも、斉藤信治《のぶはる》、つまり、帯広夏夫の父親からの直々の依頼であったが故。やむにやまれず引き受けたのだった。

『今の事務所を持てたのも、彼の格別の引き立てがあってのこと……』

斉藤信治というのは、いわゆる名士の出で、現在は医学博士。殊に、眼科の権威にして、中規模病院を三つ経営する事業家。業界では一目置かれる一角の人物である。

表向きは控えめで丁寧。礼儀をわきまえた、真面目な好人物で通っている。

が、その実、豪放磊落で自由奔放な一面もあり、周囲のものは振り回されることも度々ある。若い渡辺を引き立ててくれた時も、世間には少なからず波風を立てていた。しかし、こうした破天荒なところがあるが故に、人は彼に惹かれる、というのも事実である。

こういう性分の人間はえてして、若気のいたりで、何やら禍根を残しているものである。彼も例に漏れず、その証拠に帯広夏夫がいる。彼の容姿、甲斐性、愛嬌から考え合わせると、うなずけなくもないが。

とはいえ、この事件が起こるまで、実際に〝落とし子〟がいるとまでは、渡辺でさえ思いいたらなかった。

確かに、彼の完璧な経歴の一部に、空白の四年間がある。本人曰く、私費留学していた、とのことであるが。夏夫の年齢から推定して、おそらく、この頃が過ちの時期らしい。

そういえば、彼には、特にこの時分の記憶に触れられることを殊更避ける傾向がある。学生時代の思い出話になると、いつの間にか話の輪の中からいなくなっている。

斉藤は、この〝私費留学〟から帰国後、すぐに結婚し、親の跡を継いだのである。

斉藤が、触れられたくない古傷を断腸の思いで語ったのが、弁護の依頼のため、正式に渡辺のもとを訪れた時のことだった。

斉藤の、最初で最後、たった一人の想い人、というのが、久瀬由美子、即ち、夏夫の母親であった。

「由美子との関係は真剣だった。今でもその気持ちは変わらない」

と、斉藤は言い切る。

久瀬由美子は、盲目の母と自分だけの貧しい家に育ち、生活するのに手一杯で、ろくに学校にも通えず仕舞いだった。

ある時、由美子は故郷に見切りをつけ、職を求めて都会に出てくる。しかし、高校すらまともに出ていない由美子に、真っ当な仕事などなかった。当て所なく彷徨って、ようやく日銭を稼ぐために、バーのホステスとして働き始める。

一方、斉藤は、悪友とつるんで、歓楽街の界隈をうろついては、悪戯して回っていた。

斉藤は、性格は洒脱で、金持ち。そのうえルックスも群を抜いていた。羽振りが良いうえに気前も良かったため、相当にもてたらしい。相伴に与ろうと、鵜の目鷹の目の取巻き連中を数多く従え、俗に言うプレイボーイを気取っていた。

ある時、場末のありふれた一軒のバーで、斉藤と由美子は出会った。由美子は、店ではさほど目立つ存在ではなかった。当初、ふたりは店の客とそのお相手、という関係でしかなかった。由美子は、金離れの良い客だからといって、斉藤に媚びるわけでもなかった。

ちやほやされることに慣らされていた斉藤にとって、由美子のひかえめな雰囲気は、却って物珍しかった。由美子を気に入った斉藤は、ちょくちょく店に出入りするようになっていった。

由美子の飾らない美しさに、斉藤は次第に心惹かれた。互いに、自分たちの身の上話を交わし合っているうちに、そこは男と女の間柄、何か響き合うものでもあったのだろう。

ふたりが愛し合うようになるまでに、さほど時間は要しなかった。たまの逢瀬では事足りず、ふたりは同棲するにいたった。

言うまでもなく、斉藤は、家族には、同棲のことを一切告げていない。そんなことが知られようものなら有無を言わせず引き離されるのは、火を見るよりも明らかだった。

同棲の事実を知るものは、斉藤の悪友のあいだでも、限られていた。斉藤は、自分がどういう素性の人間であるのか、由美子にあかせずにいた。由美子の前では、後ろめたい気持ちをひた隠しながら、飽くまで無頼を貫いていた。

由美子が妊娠したことが分かると、ふたりは都会を逃れ、由美子の生まれ故郷である、北陸の地へと旅立った。盲目の母が暮らす、由美子の実家久瀬家に、身を寄せることとなった。

当時の斉藤は、何もかも捨てる覚悟ができていたという。

「何でも思うがままに叶う生活を送ってきた人間にとって、北陸の片田舎での暮らし向きは、天と地ほどの差に感じられた。けれども、おそらく、あの四年間ほど人として充実した日々を営んだことは、後にも先にもないだろう……」

間もなく、由美子は男児を出産。それが夏夫だ。

親子水入らず、つましくも幸せに、ひっそり暮らしていた。

「はじめての息子。言葉では言い尽くせない喜びだった。夏夫のことは、それはかわいがったよ。ただ、幼かったせいもあって、残念ながら、その時のことを夏夫はまったく覚えていないようだ……」

もとより、由美子自身、父親のいない家庭で育った。それ故に、久瀬家は隣近所との付き合いを避けていた。

そのうえ、娘の由美子が、どこの馬の骨ともつかぬ男を連れ帰り、子まで産み落としたとあっては、世間体が悪く、一家はますます孤立の度を深めていった。

四年経ったある日、どういういきさつからか、斉藤の居場所が突き止められ、斉藤と久瀬一家との生活は終焉を迎えた。

斉藤は、由美子と夏夫から引き離され、実家に連れ戻された。そして、すぐさま身分相応の相手と結婚させられた。

斉藤家にとっては、終わり良ければすべて良し。跡継ぎが無事帰還して、掛け違えられたボタンが元通りに戻り、将来安泰となった。

一方、由美子にしてみれば、斉藤は、生涯無頼を貫くこともできず、貧乏暮らしに音をあげた、ただの意気地無しにほかならなかっただろう。性に合わない田舎暮らしから、自分だけまんまと逃げおおせて、息子さえ見捨てて、分の良い相手に乗り換えるとは、見下げた男と蔑《さげす》まれても仕方なかった。

残された由美子と夏夫の行く末が惨めであっただろうことは想像に難くない。素性も知れぬ男を引っ張り込み、挙げ句の果てにその男にも捨てられるとは、と世間の風当たりも相当に強く、半ば村八分のような状況におかれていたようだ。

「あの子には、どんなに恨まれても仕方がない。長い間、音沙汰なしにしてきたのは、このわたしなのだから。あの子は、そういう態度は微塵も見せはしないが……時折、感じるのだよ。わたしの胸の内を見透かすような鋭い視線が、背後から突きつけられているのを」

斉藤は、人にはおいそれと言えない事情があるとはいえ、とりわけ、夏夫には思い入れがあるようだ。それには、夏夫自身への愛情もさることながら、亡き想い人の忘れ形見、という意味合いも、込められているのだろう。記憶の奥底に封じられた、四年間への追憶も含めて……。

では、渦中の人物、帯広夏夫とは何者か？

夏夫の母、由美子は、斉藤と離別後、夏夫を引き取り、由美子の母つまり夏夫の祖母と三人で、そのまま細々と実家で暮らし続けていた。

夏夫が十歳の時、由美子は悪性腫瘍で亡くなる。盲目の祖母ひとりではとても孫の面倒まで見切れないと、夏夫は斉藤に引き取られることとなった。

とはいえ、斉藤家には既に嫡出子がひとりいるわけで、実子として夏夫を迎えるなど到底許されるはずもない。そこで、斉藤家の使用人で、子供のいない帯広夫妻に、夏夫は託された。

その後、久瀬家にひとり残された夏夫の祖母も、夏夫が斉藤に引き取られてから三年後に亡くなった。

夏夫は現在二十六歳。大学院数学科の博士課程在学中。学会内では天才の誉れ高く、研究者として将来を嘱望されていた。

写真に写る冷めた面差しの青年。多少地味ではあるが、父親に似てなかなかのもの。むしろ、繊細さは、想像するに、母親譲りなのかもしれない。

父親である斉藤は、夏夫には好きな道を進ませ、そのためにはいかなる援助も惜しまなかった。そんな、経済的にも恵まれて何不自由ない、才能に溢れた、美しい若者が、なぜこのような凶行に及んだのか。

なるほど、やはり世間の言うように、こうした生い立ちの若者にありがちな、精神的な屈折か、はたまた天才の狂気か。動機はおおかたそんなところであろう、と渡辺は踏んでいた。ところが、調査が進むにつれ、この事件は一筋縄では解決できない様相を呈してきたのだ。

渡辺は、厄介な事件を抱え込んだと思う一方で、難事件を前にして腕が鳴った。検事時代に培った闘争本能がかき立てられるせいなのか、事件の奇怪さに次第に惹かれつつあった。

事件の謎のひとつ、被害者の女性、秋澤七夕《なな》について。

七夕の遺体は確かに存在する。近隣の人たちからの聞き込み調査からも、七夕は確かに、生きて存在した形跡はある。

だが、七夕の戸籍や経歴を調べてみようと書類を探してみたところ、七夕に関する公文書、私文書の類が見あたらないのである。

秋澤家の戸籍を当たってみるも、長男秀樹は存在するが、書類の上では、長女七夕は影も形もない。

念のため、七夕が通っていた小学校、中学校、高校と当たってみたが、何年か前の台風直撃により、この辺り一帯は土砂崩れで流されたため、学籍簿等の資料は一切失われていた。

秋澤家の隣に住み、招提寺の住職を務める老人、城戸文司によると、七夕という娘は、十数年前に、自ら画家と称する流れ者の男に、連れられてやって来た。しかし、男の方は、やって来てすぐに、流感をこじらせ、肺炎であっけなく亡くなった。ひとり遺された七夕を不憫に思って、地元で網元を営む秋澤夫妻が、七夕を引き取った。何分《なにぶん》、小さな片田舎、皆がそうした事情を知っており、法律上や戸籍上のしかるべき手続きを踏まなくとも、何の不便もなく、七夕は暮らしてこられた。

故に、このご時世においては何とも信じ難いことだが、七夕は戸籍上では存在しない人物なのである。

さらに、七夕の痕跡を探るべく、高校の同窓生にも聞き込み調査を行った。

「美人だけれど、華やかでもてるタイプとはいえなかった。友達付き合いも広い方ではなく、どちらかといえばひとりでいるのを好む方だった。スポーツ万能とか、成績優秀とかでもないから、特に目立つ存在ではなかった」

高校時代、七夕と最も親しかった友人は、彼女をさしてこう評した。

「まるで、空気か水かのように、透明感のある雰囲気。とにかく、不思議な魅力をたたえた娘《こ》だった」

さらに、こうつけ加えた。

「そういえば、絵がものすごく上手かった。美術の先生もいたく感心して、『君には才能がある。わたしが特別に指導するから、一緒に美術大学を目指そう』なんて、それはしつっこく、七夕のことを口説いていた」

特別指導の甲斐があってか、七夕は美術大学に特待生として入学していた。

渡辺は、早速美術大学まで足を運び、学籍簿をその目で確かめてきた。ようやく探し当てた、現存する唯一の書類上の痕跡。大学での七夕は、いたってまじめで、成績も優秀であった。

思うに、七夕という女には、過去も未来も存在せず、ただ〝今〟があっただけ、なのではなかろうか。

次に不可解と言えば、秋澤家の長男、秀樹。この秀樹が、招提寺放火殺人事件からこっち、行方知れずになっている。

秋澤夫妻は、実子秀樹と養子七夕を、兄妹同然に育ててきた。秀樹と七夕は十以上も年が離れている分、秀樹は七夕のことを随分かわいがっていたらしい。

五年前、秋澤夫妻と秀樹の三人は、真夜中の漁に出た際、海難事故に遭遇し、不幸にも夫妻は亡くなってしまう。

事故のたった一人の生き残りにして、唯一真相を語ることのできた当事者、秀樹の証言によると、秋澤一家の乗った漁船が真夜中に操業中、見知らぬ船舶に背後から衝突されたらしい。

衝突のショックで、秋澤夫妻と秀樹の三人は、真夜中の海に放り出された。衝突した船舶は、三人を救助することなくそのまま逃亡。乗っていた漁船は、秋澤夫妻もろとも海の底へと沈んでいった。

秀樹だけが、海上を漂流しているところを、未明になって仲間の漁船に発見され、救助された、とのこと。当て逃げした船舶はついに見つからずじまい。秋澤家の漁船は、引き上げることもままならず、詳細は不明。

招提寺の住職、城戸文司によると、二ヶ月前、夏夫がこの漁師町にふらりとやって来て間もなく、夏夫と秀樹は、七夕を介して顔見知りになったそうだ。

つまり、夏夫と秀樹は互いに面識があり、妹（実際には血のつながりはないが）を溺愛する秀樹にとって、ことわりもなく七夕に近づく夏夫は、かなり目ざわりな存在であった、と推測できる。

招提寺放火殺人事件、唯一の目撃者、宮脇真智子についても、一考の余地がある。

真智子は、秀樹の元婚約者。夏のかき入れ時に、親戚の民宿を手伝うために、毎年、隣町から事件現場となった漁師町にやってくる。そこで秀樹と知り合い、付き合うようになった。

そこは男女の間のこと、何があったのか本当のところは知る由もないが、秀樹と真智子の仲は、五年前に突如破局を迎える。海難事故と秋澤夫妻の不幸も、御破算の一因であっただろう。

真智子は、事件当日の明け方頃、招提寺から白煙らしきものがのぼっているのを、勤め先の民宿から目撃する。何があったのか確かめようと招提寺に向かう途中、夏夫が現場近くの海沿いの県道を、のっぴきならない様相で、裸足で駆けて行くのに遭遇する。さらに、事件直後にも、燃えさかる観音堂の前で茫然自失の体で棒立ちしている夏夫の姿を目撃していた。

火事の一報を受けて、消防と警察が現場に駆けつけたところ、途方に暮れてへたりこむ夏夫を見つけて、警察が身柄を確保したのである。

何より、渡辺を煩わせているのが、招提寺に伝わる曰く。

百年単位で繰り返し起こる火災。その度に甚大な被害をこうむる寺。必ず一人が火災の犠牲となり、それと引き替えのごとく、無傷で助かる観音像。

信心深い地元の人間は皆萎縮してしまって、聞き込み調査では渡辺が期待していたほどの成果が上げられなかった。

『おまけに、物言わぬ容疑者。死人以上にたちが悪い……』

ふと、渡辺の脳裏を斉藤の姿がかすめる。

今まで、人前では決して見せたことのない、斉藤の苦悩の色。

「夏夫が生まれ故郷に戻るなんて、わたしへの当てつけとしか言いようがない。事件の一報を聞いた時、わたしは運命の復讐を受けたと思った。それにしても、この事件は何かがおかしい。不自然なんだ。それに、夏夫はそれほど浅はかな人間ではない。君は、検事時代、白を黒に変える、とまで言われるほどの手腕だったではないか。逆もできないことはなかろう」

『人というのは、得てして自分に都合良く考えたがる傾向がある。が、斉藤氏の言うことも満更間違いではないかも……』

そう思いつつ、渡辺は資料のファイルを閉じる。

看守に導かれて、帯広夏夫が面会室に入ってくる。

透明な仕切のガラス窓を境に、渡辺と夏夫が向かい合う。

『相変わらず、まるで魂が抜けたような夏夫の有様。この間の接見の時より一層やつれている。このままの状態では、公判まで持ちこたえられるかどうか。弁護士よりも、まず医者が必要なのではないか。夏夫の父親は医者なのだから、自分が余計な心配をするまでもないが……』

などと、渡辺が考えをめぐらせていると、突然、夏夫の方から切り出してきた。

「今日は何月何日ですか?」

渡辺は一瞬泡を食ったが、悟られないよう、とりわけ静かに応答する。

「十月十七日です」

夏夫は、ぼんやりと宙を見つめて言う。

「先生。渡辺先生は、〝ゆみこ〟っていうのですね。わたしの母と同じ名前だ……」

無言で対峙するふたり。

*　*　*

「もうそんなに経つのか……」

かすれた声で、夏夫はぽつりと呟く。

「いや、まだ二ヶ月ほどにしかならないかな……」

夏夫は、一つ咳払いをする。

「さっき窓から外を眺めて、もう秋になると分かった。わたしには考える時間が必要だった。いつものことながら、研究に没頭している時もそうなのだけれど、時折周りがまったく目に入らなくなってしまう。先生はわたしの気が触れたのでは、と思われたでしょう」

渡辺は、平静を装ってはいるが、内心飛び上がらんばかりである。

やっと口をきき始めた。これを逃す手はないと、一言一句聞き漏らさぬよう、夏夫の言葉に耳を傾けている。渡辺の頭の中は、事件の動機を解き明かす糸口を探ろうと、ひっきりなしに回転している。

「ずっと考え続けてきた。なぜ、こんなことになってしまったのか……。考察の結果、分かったことは、十数年前からこうなる運命が定められていたのだ、ということ。事の発端は、母とあの寺に行ってあの観音堂を訪れた時。その時から、もう既に始まっていた」

一部記憶の欠損か、パラノイアか何かで、やはり気が変になっているのではないかと、渡辺は怪訝そうに夏夫の様子をうかがう。夏夫の眼は見たところまともで、声も落ち着き払っている。

「先生は既に事情をご存じだろうけれど、わたしの母はあまり幸福ではなかった。そのことで斉藤に対してわだかまりがない、と言うと嘘になる」

夏夫はまた宙を見つめる。

「けれど、それに比べてあまりあるほど、あの人には十分よくしてもらった。むしろ感謝しているくらいだ。彼の理解と後押しのおかげで、好きな数学の研究に専念してこられた」

渡辺は、夏夫の言葉の真意をあえて読み解くことは止めにした。この際、夏夫が口をきき始めただけでも幸いとしなければならない。その点、渡辺は弁護士として接見を熟知している。

「生まれ故郷に帰ったのは、祖母の法事があったから。というのは口実。実は、今取り組んでいる課題に行き詰まりを感じてね……」

ゼンマイの緩んだオルゴールのように、また黙り込んでしまうのではないかと、渡辺は、固唾を呑んで見守る。

「先生は、不確定要素による循環の規則性、というのをご存じですか？」

何についての話をしようとしているのか、渡辺は、即座には理解できなかった。

「不確定要素、即ち、証明されようのない事象が、不規則に発生しているとする。しかし、それら発生した事象を、結果から見てみると、一見不規則に思われていた事象も、実は循環しているように見える、ということなのです。その不規則性の裏に隠されている、一定の法則のようなものを見つけ出そう、というのが、目下の研究課題で……」

それまでの様子からすれば、饒舌とも言えるほど、夏夫の口から滑らかに言葉が繰り出される。思い詰めた表情とはうって変わって、余裕すら感じられる。

突然、夏夫は話を止め、渡辺を見つめる。

「研究室で数式に向かう毎日。相応しい身分。相応しい両親。相応しい友人。相応しい車。相応しい恋人。すべて、斉藤が特別にあつらえてくれたものだ」

夏夫は、冷やかに薄笑いを浮かべる。

「何一つ足りないもののない生活。しかし、今一つ物足りない毎日。熟考してみると、自分に不足しているのは不足そのものだ、ということに気づいた。そこで、自らに不確定要素を与えてみることにした」

夏夫は、ややうつむき加減に、寂しげな表情で微笑む。

「とにかく、わたしは与えられた幸福を、素直に享受できない性分で……」

夏夫は、自嘲と哀愁とが交錯する複雑な心境で、渡辺を見つめる。

「すべてにおいて完全無欠の生活から、一度、脱却してみようと考えた」

やや不安な表情が、夏夫の顔をよぎる。

「それに、あまりにできすぎた人生、満たされた生活だと、却って、些細なことが気にかかる」

にわかに、夏夫の口調が訥々となる。

「これまで、わたし自身幼かったせいか、意識してこなかったのだけれど、斉藤の、わたしを見る目が気になって……何と言うべきか、まるで、腫れ物に触るような……あの目が、わたしの中に、何かしら不安要素を見出している。あの眼差しが、わたしの行く末に綻びを見つけている。にもかかわらず、それを黙って隠しおおそうとしているようで……」

伏し目がちに考え込む夏夫を、渡辺はただ見つめる。

「たとえるなら、今にも破裂しそうな爆弾を、わたしは抱えさせられているが、そのことを、わたし自身はまったく知らされていない。そこでまず、わたしが爆弾を抱えさせられていることに、わたしが気づかないようにしなければならない。さらに、わたしが知らず知らずのうちに、余計な操作をして、爆弾を破裂させないよう、見張っていなければならない」

夏夫は下唇を軽くかむ。

「さっき言った、斉藤があてがってくれた〝相応しい友人〟だって、そうさ。わたしも幼子じゃあるまいし、友達くらい自分で作れる。なのに、連中と来たら、四六時中、わたしにつきまとう。まるで、斉藤から監視するよう、仕向けられているようで……」

夏夫は、吐き捨てるように言い放つと、しばらく黙り込んでしまう。

「勘ぐりすぎかな、裕美子さん」

渡辺は、突然のことに驚きを隠せない。

まさか夏夫が、渡辺のことを裕美子と名前で呼びかけるとは、思いもよらぬことだった。そう呼んでしまった当の夏夫さえ、自分の言葉に狼狽している様子である。

「ごめんなさい、急に気安く呼んだりして……。でも、先生と呼ぶより、この方が話しやすくて……」

夏夫は、申し訳なさそうに、渡辺に軽く微笑みかける。

渡辺も、黙って微笑み返す。

夏夫は、大きくため息をついて話を続ける。

「つまり、不確定要素は自分自身、自分の生い立ち、記憶の中にあるのではないか、と思うようになっていた。だとすれば、その不確定要素の現象的存在は、必然的にわたしの生まれ故郷ということになります」

夏夫は静かに目を閉じ、しばらく瞑想にふける。

しかし、不思議なことに、渡辺が不安に駆られることはなかった。また再び沈黙することはないと、根拠はないが確信を持って、渡辺は夏夫の次の言葉をひたすら待った。

夏夫の脳裏には、あの八月の暑い日々が、鮮明かつ詳細に、浮かび上がり始めていた。

邂逅

「とにかく、何もかも厭になってね……この根拠なき倦怠感から抜け出したくて、研究室から飛び出した。車もなし、携帯電話もなし、身一つ、といったところかな。気づいたら、寺の山門を見上げていた」


容赦なく降り注ぐ真夏の日差し。草いきれにまみれ、全身からにじみ出る汗をそのままに、夏夫は山門へと続く石段を踏みしめ、境内へと向かう。

招提寺は、杜に守られ、荘厳な趣をたたえていた。

十数年前の幼い頃、母とふたりで初めてここを訪れた時のような、沈鬱さはなかった。あの時の強烈な印象が、原風景となって夏夫の記憶に焼きつき、これまで、この地から夏夫を遠ざけていたように思われる。

今は、涼やかな陰影が山門に続く石段へと投げかけられ、夏夫を行く先へと誘《いざな》う。

石段の中程で、夏夫はふと振り返る。

眼前には入江が開けている。小さな漁港と岬にはさまれて、日本海特有の白い砂浜が広が

る。岬の向こうを見晴るかすと、光り輝く日本海の海原が豊かな碧い水を満々とたたえている。

夏夫の中に、ある種の感情が込み上がってきた。

『懐かしい、というのはこういう感覚なのか……。この年齢でこんな感情を持つとは……』

夏夫は奇妙な気分に駆られながら、さらに石段を上って行く。

石段を上りきると、山門が影を落としていた。思いの外こぢんまりとした佇まいである。

山門をくぐると境内が。砂浜を彷彿とさせる白州が、真っ先に目に飛び込んでくる。

眩《まばゆ》い光に次第に目が慣れてくると、正面の金堂の大屋根が、鵲のごとく、軽やかに羽を伸ばしていた。

時が止まっていたのか、と思われるほど、十数年前とまるで変わっていない。境内奥の右手の方には、母とふたりで訪れた、秘仏の観音像が納められている観音堂も見える。

夏夫は、少年に戻ったような心持ちであった。

『これほど心穏やかなのは、何年ぶりだろうか？』

ずっとノスタルジーに浸っていたい気分で、夏夫は暑さも忘れ、境内の真ん中に、しばらくじっと佇んでいた。

とはいえ、いつまでもこうしているわけにもいかない。祖母の法事の所用を済ませなければ、と夏夫は、金堂の脇を抜けて、住職城戸文司を訪ねて、詰所に向かった。

金堂の裏手には、昔の蔵を改造したのだろうか、かなり立派な収蔵庫がある。その横に張りつくように、住職らが控える詰所がある。

夏夫は開けっ放しになった詰所の扉から、中をのぞいてみる。人の気配がまったくしない。

「すみません……」

夏夫が声をかけても、いっこうに誰も出て来る様子はない。住職は、おおかたどこかで用事を済ませているのであろう。仕方なく、夏夫は境内をぐるりと一回りして、金堂正面に戻ってきた。

日差しを避け、金堂の大屋根の下、気長に待つことにした。

夏夫は母のことを想った。

『結局、観音様への願掛けも空しく、母さんは亡くなった。世の中なるようにしかならない。自分がこうしていいご身分でいられるのも、ある意味、母さんが亡くなったことによるもの、とも言えなくもない』

あの観音堂の前で、母とふたり手を合わせたことが、母とともに過ごした日々の中で最も愛おしく、最も厭わしい思い出。相矛盾する感情が、夏夫の記憶をうやむやにし、幻影だけが心の奥底に残された。

例の観音堂に行って、実感のある記憶を呼び起こしたい、そう思うと、夏夫の足は自ずと観音堂へと向かっていた。

観音堂へと続く道は杜に覆われ、日の光を拒絶している。夏夫は、苔むす道を一歩一歩確かめながら、踏みしめていった。

ふと、顔を上げる。

刹那、夏夫は、稲妻に打たれたような、衝撃を受けた。

若い女の後ろ姿。

『もしや……まさか……』

夏夫の中で、過去と現在が激しく衝突し、目の前を閃光が走った。

過去の記憶と、現在の事実とが、単に合致しただけ。déjà-vu《デジャヴ》にすぎない。

しかし、この過去と現在の衝突に、運命を感じて何がいけないのか?

夏夫は、吸い寄せられるかのごとく、女に近づいていく。

近づくにつれ、冷静な思考を喪失し、夏夫は胸が高鳴り、頬が紅潮してくるのを自覚できた。これほどにまで情動を持て余したことはない。

女の背中の真後ろまで来て、夏夫は動揺を悟られないよう、慎重に声をかける。

「あの、住職さんはご存じですか?」

女は、夏夫の声などまるで耳に入っていない様子。拝むわけでもなく、ただじっと観音堂の格子戸を見つめている。

「詰所の戸が開けっ放しになっているし、随分不用心だね」

「あなた、ここの人じゃないわね」

女は夏夫の方を振り返った。

年の頃は二十歳くらい。飾り気のない素朴な容貌であった。が、どこか近寄り難い気高さがある。

夏夫は素直にきれいな人だと思った。

「今はね。けれど、幼い頃はここに……」

この女と何とか話を続けたいとの一心で、夏夫の頭の中はいっぱいだった。が、女は素気なくあしらった。

「誰も何も盗んだりしない」

夏夫はきまりが悪かった。

山門から、人影が観音堂の方へと近づいて来た。

「ああ、七夕ちゃん、また来ていたのかい。随分ご執心だね」

住職の城戸文司が、にこやかに七夕に話しかける。

「本物が見たいわ」

「そりゃ、まだずっと先のことだね。わしも生きているかどうだか……」

そばに突っ立っている夏夫を、住職はまじまじと眺める。

「僕は、帯広夏夫です。久瀬家の祖母と母の墓参りに……」

「ええ！　あの夏夫君。おお、大きくなって。ここを離れて十年くらい、もっと経つかなあ。……そういえば、今年はお祖母さまの十三回忌だったね」

感慨深げに住職は微笑む。

いつの間にか、七夕はそばからいなくなっていた。七夕はさっさと山門の下まで行って、寺を出て行こうとしていた。

住職は山門の方を振り返る。

「夏夫君は、秋澤さんとこの七夕ちゃんは知らないかな。あの子が来た時には、もういなかったね。あんたがここを去ったのと、ちょうど入れちがいになるのかな。かわいい娘だろ、ちょっと変わっているけど……。それにしても、よく来てくれたね。ここにはどれくらい留まるつもりかい？　宿は決めているのかい？　いいところを紹介するよ」

住職は、詰所へとゆっくりと歩き出した。

夏夫はしばし山門の方を見つめていた。

＊　　＊　　＊

「わたしは、住職に近くの民宿を紹介してもらった。そこを根城に、あちこち散策して、しばらくぶりの郷里を味わうつもりだった」

夏夫は自嘲気味に、渡辺をうかがう。

「というのは口実。恥ずかしながら、これほど心ときめいたことは、今までなかった。したたかな知的探求心と言うべきかな。とにかく、七夕のことが知りたい、近しくなりたい、ただそれだけだった」

夏夫の宿泊先は、夏のシーズンを当て込んで営業する民宿だった。かき入れ時のこの時期には、隣の集落から助っ人も来ており、年間収益のほとんどを、この時期に稼ぎ出していた。

「お客さん、もうそろそろ起きなさらないと、日が沈んじゃいますよ」

朗らかな声と共に、三十歳前後の女が、階段を上ってきた。宮脇真智子である。

夏夫は、この手の女性に接したことがなかった。都会かぶれして、無表情にとり澄ましている、ビスクドールのような女性たちとはまったく違っていた。感性に任せ、よく微笑む人だった。

真智子は、わずかに開けた襖から顔をのぞかせ、夏夫に声をかける。

「朝食の用意できていますから、食堂へどうぞ」

夏夫が寝床から起き上がった時には、すっかり日が昇り、二階の窓からはきらきらと輝く海が望めた。

食堂へ下りて行くと、テーブルに夏夫の席だけが、ぽつんと用意されていた。他の客は、朝食を済ませた後のようだった。

真智子がご飯とみそ汁を給仕する。夏夫が箸を取ると、真智子は熱い茶を入れてくれた。

「お客さん、今日はどうなさるの？　海水浴でしたら、すべてレンタルできますよ」

「いえ、特に予定は……。やはり、ここら辺りは海水浴ですか？」

「そうね、海がきれいな以外に何にもないところだから。最近はダイビングをする人も増えてきたそうよ。わたしにはよく分からないのだけれど、近くに隠れスポットがあるんですって」

「真智子さんは、地の人ではないですよね。僕は幼い頃ここにいたもので……」

「そう、わたし隣町から、夏だけお手伝いに」

「招提寺はご存じでしょ。今年は祖母の十三回忌なんです。祖母には僕の他に身内がいないもので……」

「それで、わざわざ……。優しいのね」

真智子は、隣のテーブルから椅子を引いてきて、夏夫の斜向かいに腰を掛ける。

「ここ出身の人だったら、こんな話、もう知っているわよね。あの寺では百年に一度、必ず原因不明の大火事が起こって、ほぼ全焼の被害になる。けれど、なぜか奇跡的に、あの秘仏の観音様だけは無傷で助かる。人一人の命と引き替えに……。先の火災は、おそらく、廃仏毀釈の煽りでしょうけれど」

夏夫は、真智子がなぜそんな話をわざわざ自分にするのか、不思議に思った。

「あれから百年くらい経つでしょ。もうそろそろ起こってもいい頃合いなのだけど……。こんなこと言うと不謹慎で、仏様に怒られそうだけど、火災のおかげで、こんな片田舎にも立派なお寺と尊い観音様がいらっしゃるって、世間から忘れられずにいられると思うの」

真智子は、冷めた茶を熱いのに入れ替えてくれた。

「真智子さんは、ここらのことには詳しいのですね」

「小さい片田舎だから、知りたくないことまで分かっちゃう」

「実は、昨日、お寺で出会った娘《こ》が気になって……素朴なんだけど、垢抜けていて、どことなく不思議な感じのする……」

真智子の顔がにわかに曇り、人なつっこい笑顔が消え、よそよそしい素振りを見せる。

「七夕ちゃんね……とても美人の娘ね」

真智子は、また気を取り直して、元気よく立ち上がる。

「さあ、お喋りしていても片づかないから」

夏夫は、真智子の表情が腑に落ちなかった。

＊　＊　＊

「何日か、わたしはすることもなく、日がな一日そこらをぶらぶらしていた。地元の人たちには、変わり者の暇人と映っていただろうが、秘めたる目的があった。その目的を達するため、昼下がりには必ず招提寺の境内にいた」

招提寺の金堂の大屋根の下で、夏夫と住職は身の上話をしていた。

住職は暇つぶしに、招提寺の収蔵庫に納められている宝物の目録を、夏夫に特別に見せてくれたり、時には、実際に収蔵庫の中を、こっそり案内してくれたりもした。

昼下がりになると、必ず七夕がやって来る。七夕は素知らぬ顔で境内を横切ると、例の観音堂の前に立ち、じっと佇んでいる。

気の済むまでそうしていると、次に山門の下に向かい、敷居の横木に座り込む。持って来たスケッチブックを開いて、海を眺めながら、時の経つのも忘れてデッサンに勤しむ。

すっかり日も暮れ、夕闇のせまる頃になると、兄と思しき人が七夕を迎えに来る。

「やっぱり、芸術家っていうのは変わった生き物なのかな。飽きもせず、毎日毎日同じことを繰り返して。最近、兄さんも、『あいつは異常だ』って心配しとる。あの子も身寄りのない不憫な生い立ちで」

「お兄さんって……」

「兄と言っても、血はつながっていない。七夕ちゃんは、自称画家とかいう流れ者の子で、その男が流感をこじらせて亡くなってしまった。それで、網元の秋澤家に引き取られた。で、兄さんっていうのが、秋澤家の長男の秀樹。秋澤家も不幸続きで、五年前、漁に出て事故に遭い、秋澤夫妻は亡くなった。辛うじて秀樹は助かった。けれど、真智子さんって、あんたが宿にしている民宿でまかないの手伝いをしている人と婚約していたのに、そんなこんなですべて水の泡。それでも秀樹は、七夕ちゃんを大事にしてやって……良くできた男だ」

それにしても、この住職少し口が軽すぎるのでは、と夏夫は、内心見識を疑った。

『秋澤七夕か……』

秋澤家と言えば、夏夫でも名前くらいは聞いたことのある、ここらでは知らない人はいない有名な網元だ。少なくとも、夏夫が幼い頃まではそうだった。

とはいえ、秋澤家の長男、秀樹については、おぼろげにしか記憶がない。年が離れているせいもあるだろうが、久瀬家は漁師を生業にしていなかったし、あまり近所付き合いもなかったともあり、秋澤家とは接点がなかった。それに、秋澤家の人々は、夏夫にとっては雲の上のような存在で、夏夫は遠巻きに眺めているよりほかなかった。

「そういえば、秀樹さんも、夏夫さん、あんたに見覚えがある、なんて言っていたなあ……。久瀬さんとこの息子だよ、とだけ言っておいた」

おそらく、このおしゃべりな住職のことだから、その程度の内容では済まなかっただろう。

ともあれ、七夕も、自分と同じ根無し草だと知り、夏夫は共感を覚えた。

今日こそは、と満を持して、夏夫は山門の下へと向かった。

次第に七夕の背中が近づくにつれ、鼓動が早鐘のごとく鳴る。

さりげなさを装い、夏夫はついに七夕に声をかける。

「毎日来ているね。海を描いているの？」

七夕は夏夫を振り返る。が、一瞥すると、再び背を向けて、スケッチブックに向かう。

素気なくあしらわれ、ばつが悪い夏夫だが、怖じけず、またも声をかける。

「隣、座ってもいい？」

七夕は振り向きもしない。

夏夫は少し離れて、山門の敷居に腰を下ろす。

黙々とデッサンを続ける七夕。

それとなく夏夫はスケッチブックをのぞき込む。そこには、目の前に広がる海とは、似ても似つかぬ事物が描かれている。

いくつもの群像。立像、座像、様々な角度からの人の顔、上肢、下肢。精緻にして正確。バランスのとれた身体。そのデッサン力に夏夫は思わず舌を巻いた。しかも、すべて七夕の頭の中の想像物が描かれている。夏夫は、七夕の底知れない才能に、末恐ろしささえ覚えた。

「いったい何を……」

「今観てきたものを、描いているだけ……。でも、まだ、はっきりとは見えない」

「今観てきたものって、あの観音堂?」

「目で見たものを描くのは、ただの写生。心で、真の姿を読み解くのが、絵というもの」

七夕の手から、次から次へと描き出されるデッサンを、夏夫はあっけにとられて眺めていた。

ふと、七夕は手を休め、夏夫を振り返る。冷やかな微笑を浮かべた。

「わたしに近寄ると、兄に噛みつかれるわよ」

「お兄さんって、いつも君のことを迎えに来る人?」

「いつでもつきまとって、おつむがいかれてるのよ」

夏夫は山門の階段を見下ろす。

「こんな時間には来ない。今頃、沖に出ているはず」

またスケッチブックに向かう七夕。

ふたりの間に、ほんのしばし、穏やかな時間が流れた。夏夫は、ずっとこのままでいられたら、と心から思った。

不意に、夏夫は背後に視線を感じた。境内の方を振り返るも、人の気配はない。

『気のせいか……』

と、その時は思った。

突然、七夕が手を止め、夏夫を顧みる。

「何か臭わない？」

そう言われると、何だか焦げ臭い匂いが、境内の奥から流れて来る。

ふたりが境内の方を振り返る。すると、観音堂の方から、白い煙が立ち上っている。

「大変だ！」

ふたりが観音堂の前へ駆けつけると、観音堂は濛々たる煙に覆われていた。

「火事だ！　早く人を呼んで来ないと！」

夏夫は大声で火事だと叫びながら、参道の階段へと駆け出す。

七夕はその場に立ちつくしている。

「誰？　誰かいるんでしょ？」

七夕は、おそるおそる、観音堂の方へと近づいていく。

七夕の姿が、白い煙に飲み込まれていく。

＊　＊　＊

「初めは驚いたけれど、それは単なる小火《ぼや》に過ぎなかった。今となっては、あの小火でさえ、わたしの狂言だったのでは、と疑われても仕方がない」

夏夫のその言葉を聞き、渡辺は、招提寺の住職、城戸文司の供述書を、頭の中で紐解いていた。

〈あの時の夏夫さんの奮闘ぶりときたら、目覚ましいものであった。あの時、夏夫さんがいなかったら、どうなっていたことやら……。少なくとも、その時はそう思った。あれが夏夫さんの自作自演だったなんて……。夏夫さんは、昔から本当に素直でいい子だよ。今でもそう信じたい……〉

観音堂から煙が立ち上るのを目撃し、夏夫は、いち早く漁師町の人に知らせに走った。夏夫は駆けつけた地元の消防団と協力し、先頭を切って消火に尽力した。

迅速な初期消火のおかげで、消防車が到着する前に火は消し止められた。観音堂は、柱を少し焦がしただけで、大事にはいたらなかった。

「招提寺一度目の火災の時、あなたは消火にあたっていた。その時、七夕さんはどこにいたの?」

渡辺の質問に、夏夫は身を乗り出して語り始めた。

「やはり、火事場というだけあって、その場は半ば混乱状態にあった。七夕がどこにいるかだなんて、正直言ってまったくそれどころではなかった。ただ、火から守るために、念のため、観音像を金堂へと運び出そうとしている時、そのそばにいたのは確かだ」

夏夫たちは、観音堂の中の観音像を、安全な金堂に急いで運び出すことにした。

煙が濛々と立ちこめる中、防火設備の鉈《なた》で以て、観音堂の扉の錠前を打ち壊し、観音像を白い布きれにひとまずくるむと、金堂へと担ぎ出した。

その最中、七夕は吸い寄せられるように、観音像のそばに付き従った。

「七夕さん、危ないから、そばに寄らないで！」

夏夫が大声で七夕をたしなめるも、周囲の騒動に声がかき消されたのか、まったく聞く耳を持たなかったのか、七夕には夏夫の言葉などまるで届いていなかった。

七夕は、観音像を運搬する一行に突き飛ばされ、後ろにのけぞった。

その時、一陣の風が吹き、ほんの一瞬、観音像を包んでいた布きれが、風になびいて捲れあがった。

七夕は、その瞬間を見逃さなかった。あの角度からでは、七夕だけが観音像の尊顔を拝すことができたのだ。

夏夫たちは観音像を金堂に納めると、観音堂へとって返した。その時には、消防車も到着し、完全に鎮火していた。

ひとまず落ち着いたところで、夏夫は真っ先に七夕のもとへと駆け寄った。七夕は境内の片隅に座り込んで、火災の成り行きを見つめている。

観音堂の付近では、消防署の職員たちによって、既に現場検証が始まっていた。

夏夫がそばに寄ると、七夕はぽつりと呟く。

「わたし、見たのよ」

「え？」

夏夫は、思わず七夕に見入る。

七夕は突然立ち上がり、夏夫に噛みつかんばかりに、

「わたし、見たのよ！」

と、夏夫の両腕に取りすがり、下唇を噛み締め、真剣な目で夏夫を見つめる。

七夕のあまりに激しい感情のほとばしりに、夏夫は気圧され、何を見たのかさえ聞き返せなかった。夏夫はただ、七夕を抱き留めていた。

興奮さめやらぬ空気が境内を席巻していた、ほどなくしてポリスラインが張られると、次第に人々はそれぞれ仕事や家路に就いた。

七夕は、たった今〝見た〟というものをスケッチに画き留めようと、悪戦苦闘しているが、気が動転してまったく手につかない有様である。

「わたし、見たのよ」

そう繰り返し呟いているばかり。

見るに見かねて、夏夫は七夕を家まで送って行くことにした。

七夕にお近づきになれる、してやったりのシチュエーションが到来したと、夏夫は密かに期待した。

七夕の家は、海岸に面した、ひなびた漁師の家である。

七夕はいつも、表のルートから招提寺へやって来る。即ち、海岸沿いの県道をぐるりと回り込み、寺の表玄関となっている山門の階段を上ってくる経路である。

招提寺の境内の裏手には、杜に囲まれた墓地がある。そこに久瀬家の墓もあり、夏夫の母由美子も祖母もそこに葬られている。墓地の脇にある小道を通り、さらに杜を抜け、寺の裏山を下って行くと、海岸沿いの県道に直接出られる。

この裏のルートの方が、海岸沿いの県道をわざわざ回り込むよりも、七夕の家へはずっと近道である。

夏夫は、裏の経路から、七夕を家まで送ることにした。

ふたりが、境内の裏の小道を墓地に向かって歩いている頃には、もう黄昏時を迎え、辺りの見通しが最もきかない時分であった。杜の木々とその影が、見分けがつかないほど綯い交ぜになって、不可思議にもふたりの道行を浮かび上がらせていた。

「なぜ、いつも正面の山門からやって来るの？　こっちの道の方が、君の家から近いのに……」

夏夫が尋ねると、

「裏道を抜けるよりも、海を眺められる表の道の方が好きなの。墓地を眺めて来るよりましでしょ」

七夕は、素気なく答える。

先程の激情など想像だにできない。まるで、時化の去った海のごとく穏やかである。というより、むしろ、味気ないほどである。

ふたりは墓地にさしかかる。

夏夫は誰もいるはずのない墓地を見やる。母の眠る墓石が目に留まる。

ふいに、七夕は夏夫の腕を引っぱり、ぽつりと呟く。

「わたし、見たのよ……」

夏夫は七夕を振り返る。

黄昏の中で、七夕の実像と由美子の虚像とが重なって見えた。

一瞬たじろぐ夏夫だが、これは明らかに錯覚であると、自分に言い聞かせる。

『いったい、何を見たと言うのだ？　小火のどさくさに、顧みた観音像なのか？　まさか、火つけをした犯人でも見たと言うのか？』

夏夫は、先程の小火について、何の根拠もなく、なぜ〝火つけ〟などと突拍子もないことを考えついたのか、自分でも驚いていた。しかし、その時、潜在意識の中で、そのように連想させる〝何か〟を、無意識のうちに現実世界で目撃していたのだ。

「七夕が何を見たのかは知る由もない。だが、わたしは見ていた。その時はぼんやりとしか見ていなかったが。今にして思えば、あれは確かにそうだった。墓石のそばに見えたのは、母の亡霊でもなければ、目の錯覚でもない。墓地にはまったく似つかわしくないものだった。あれは、燃料用の白いポリタンクだった」

夏夫は大きく息をついた。

「裕美子さんは、そんなものがそこにあろうがなかろうが、大して関係のないことと思われるかもしれない。わたしも、その時にはそう思った。でも、後にまったく同一のものを、それに最も相応しい場所で目にすることになる。そう、このポリタンクの持ち主こそが、一連の計画を実行へと導いた人物だ。この小火は、ほんの虚仮威《こけおど》しに過ぎない。本番はこれからだった」

渡辺は、夏夫から意中の人物の名を、早く聞き出したかった。しかし、今ここで功を焦って、彼の思考回路を狂わせては元も子もないと、ぐっと思い止まる。

夏夫はさらに話を続けた。


招提寺の裏山の小道を下ると、すぐに海岸沿いの県道に出られた。そこから、県道を少しばかり行くと、七夕の家に到着した。

七夕の家は浜辺に面している。勝手口は開け放たれており、そこから中庭まで見通せて、中庭を通して、夕焼けを拝むことができた。水平線に沈みゆく夕日が、海面に反射し、辺りは茜色に染まっていた。

「ただいま」

七夕が勝手口から入って行くと、七夕の兄、秀樹が、ちょうど中庭から土間に入ってきたところで、夕日を背に受けて立っていた。

「小火があったって、さっき漁港で聞いた。今から迎えに行こうって……。ひとりで帰ってきたのか？」

夏夫が、七夕の背中越しに土間をのぞき込む。秀樹は、うさんくさそうな顔でゆっくり勝手口へ近づいて来た。

「何か用か？」

七夕の肩越しに、秀樹はつっけんどんに夏夫に問う。

秀樹の刺すような鋭い目つきに、夏夫は狼狽し、とっさに返す言葉が見つからない。

「帯広夏夫君。送ってくれたの」

七夕はすかさず答える。

秀樹は、七夕の腕をつかむと、夏夫から引き離すように、強引に七夕を自分の方へ引き寄せた。七夕は、少しむっとして、秀樹を見上げる。

「兄さん、失礼じゃない。わざわざ送ってくれたのに」

七夕はさり気なく、秀樹の耳元に囁く。

「わたし、見たのよ」

夏夫には、確かにそう聞こえた。さらに、七夕が含みのある微笑を浮かべ、秀樹を一瞥したのも見逃さなかった。

秀樹は怪訝そうな顔をした。七夕の思わせぶりな態度を持て余し、苛立っているようである。

が、秀樹の苛立ちは、七夕のせいではなかった。そして、すぐさま、苛立ちの元凶となっている張本人に、秀樹の怒りの矛先は向けられた。

秀樹は、夏夫の前に立ちふさがり、いきなり罵った。

「用がないなら、とっとと帰りな」

秀樹は夏夫の胸ぐらをつかむと、勝手口から突き出した。

「僕は、ただ……」

夏夫が訳を話そうとしても、まったく取り合ってくれない。有無を言わせず、秀樹は夏夫を叩き出そうとするばかり。

ふたりの悶着を聞きつけて、隣に住んでいる招提寺の住職城戸文司が、表に出て来た。

「何事かと思ったら、久瀬君、いやいや帯広君じゃないか。ふたりとも何やっとるんだ？」

住職の顔を見て、秀樹は怒りを胸に収め、夏夫の胸ぐらから手を離した。

「いやはや、今日は寺では小火騒ぎもあったことだし、お互いかっかくるのは分かるが、ここはひとつ気を静めて……」

住職は、夏夫と秀樹の肩をぽんと軽く叩く。

「そうだ、三人とも今から暇だろう。家へ来て夕飯でも食っていかないか？　独り身だと所在なくて……」

＊　＊　＊

住職は、気前よく、夏夫と七夕、秀樹の三人をもてなしてくれた。

常から気の良い老人であったが、その晩は酒も入ってか、ことのほか住職は上機嫌であった。自分の寺が小火にあったというのに……。仏様にお仕えする身とあってか、悟りの境地にいたっているのかもしれない。あるいは、却って、やけっぱちの心境だったのか、知る由もないが……。

住職は小火の時の夏夫の活躍を称えた。

「夏夫さんの素早い判断で、観音様も無事で、観音堂も被害が少なくて、本当によかったよ」

住職の言葉に、秀樹はむすっとしてただ黙っている。

「そう言えば、秀樹、お前はどこにいたんだ?」

かった。そう言えば、秀樹、お前はどこにいたんだ?」

「兄さんは海に出ていたのよ」

かわりに七夕が微笑んで答える。

「それにしても、火事の原因は何だったのだろう……観音堂には、火の気もないし」

夏夫は、ここに同席する誰しもが切り出したくても切り出せない話題、即ち、火事の原因について、思い切って触れてみる。

「どこかの観光客の、たばこの火の不始末だろう」

秀樹が吐き捨てるように答える。

「僕たちが山門にいたときには、観光客らしい人の気配はなかった。もちろん、僕たちは、たばこは吸わない」

「じゃ、何だ？　誰かがわざと火をつけた、とでも言うのか？」

秀樹は嫌悪感をあらわにし、夏夫を牽制する。が、夏夫はまったく意に介さない。

「七夕さんは、『わたし、見たのよ』って、しきりに言っていたけれど、いったい何を見たんだい？」

七夕は、はっとして戸惑う。

「わたし、その……夏夫さんたちが観音様を運び出している時に、観音様のお顔が見えたような……そんな気がして……その時は、頭の中が混乱していて、訳が分からなくって……」

七夕がそれとなく秀樹に視線を送るのを、夏夫は見逃さなかった。夏夫は秀樹の様子を横目でうかがう。秀樹は七夕の視線に気づきはしたものの、あえて頓着しない素振りを見せた。

「先祖代々の寺に火をかけるなんて。ここらで、そんなまねのできる人間などいない。どこかよその者ならまだしも」

秀樹は、どすを利かせて、夏夫をにらみつける。

険悪な空気に耐えかねて、住職はたしなめようと、話に割って入る。

「なあ、もうよさないか。火事の原因は、警察と消防がちゃんと突き止めてくれる。飲もう！」

住職は、脇にあった一升瓶を取り上げると、秀樹に酌を取る。

「秀樹、酒が足りないんじゃないのか？　七夕ちゃん、お前の兄貴は、最近、ちと働き過ぎだ」

住職は、気まずい雰囲気を一掃しようと、わざと大声で笑い飛ばす。


老人にありがちな繰り言が佳境に入った頃には、窓の外は夜の闇に包まれていた。

住職の話が途切れた頃合いを見計らって、秀樹が切り出す。

「そろそろお開きにしませんか。帯広君も、門限があるだろうから」

「もうそんな時間か……」

夏夫は時計を見上げる。

「民宿まで送って行ってやる」

秀樹は立ち上がる。

「ひとりで帰れますから、大丈夫です」

「都会暮らしに慣らされた人間には特に言えることだが、懐中電灯なしで、夜道はとても歩けたものではない」

夏夫と秀樹は、連れだって住職の家を後にした。

秀樹の言った通り、海岸沿いの県道は、思いの外暗かった。

夜の暗さに、次第に目が慣れてくると、夏夫は、沖の方を見晴るかす。月明かりの助けを借りて、沖に出ている烏賊釣り船の光が、わずかにぽつりぽつりと見える。

夏夫と秀樹は、懐中電灯の明かりを頼りに、民宿目指して歩みを進める。ふたりは黙り込んでいた。秀樹は平然としているようであったが、夏夫にとっては、気まずく長い時間であった。

民宿のほんの手前まで来たところで、突然、懐中電灯の明かりが切られた。

途端、夏夫の身体に衝撃が走った。

暗がりだったし、咄嗟のことで、何が起こったのか分からなかったが、夏夫は地面に転倒していた。正確には、転倒させられていた。

秀樹が傍らに立って、夏夫の顔めがけて、懐中電灯を点灯させる。まともに光が目に入り、夏夫は何も見えない。光から顔を背けようと、地面に這いつくばるも、秀樹はわざと夏夫に光を差し向けてくる。

「俺の妹は、お前ごとき不逞の輩に興味はない」

夏夫は手をかざして、秀樹を見上げる。眩しい光の後ろで、秀樹の姿は見えない。

「お前は、斉藤の息子だろ。斉藤が、俺たち家族にどんな仕打ちをしたか、俺は決して忘れない。どういう意味か分かるか。分かるなら、さっさと帰りな」

民宿の玄関の明かりがぱっとともり、玄関先から真智子が顔をのぞかせる。

「帰りが遅いから、心配して……」

ふたりのただならぬ状況に、真智子は後の言葉を飲み込む。

秀樹はきっと真智子の顔を見やると、踵を返し、元来た道を引き返して行く。
夏夫は立ち上がり、ズボンの裾を払う。真智子は黙って夏夫を玄関へ迎え入れた。

思《し》惑《わく》

渡辺はひとり、事務所に佇んでいた。デスクには、事件のファイルと、冷め切ったコーヒー。今日の接見で、新たに判明した状況について、沈思黙考していた。

事件の概要はというと、およそ二ヶ月前の八月、北陸の半島にある小さな漁師町にて、招提寺という当地では名のある寺の、観音堂が放火された。焼け跡から、地元の若い女性、秋澤七夕の焼死体が発見された。目撃者である宮脇真智子の証言から、帯広夏夫が、容疑者として逮捕、拘束された。

夏夫が語った言葉のひとつひとつを、調書と重ね合わせていく。それにつれ、ますます疑念が膨らんでいった。招提寺放火殺人事件。これにはもっと、深い真相があるにちがいない。

渡辺は、事件発生までの経過を再検証してみる。

夏夫は、事件発生の夏、母方の祖母の法事という口実で、十何年ぶりに生まれ故郷に帰郷する。事件の現場である招提寺にて、被害者の秋澤七夕に出会う。都会生活に疲れた青年が、素朴な田舎娘に心惹かれる。ここまでは、いたって牧歌的な展開である。

そこに起こった、招提寺一度目の火事。本尊が安置されている金堂とは別棟の、観音像が安置されている観音堂に火が放たれた。この火事は、夏夫の迅速な対応により、小火で収まった。

火災の原因は、過失であったのか、不審火であったのか、すぐには判明しなかった。夏夫は、放火であったと信じているようだ。どうやら、夏夫には真犯人の目星が付いているらしい。ただし、夏夫がどんなに確信していようとも、確固たる証拠はない。

現状では、この一度目の火事でさえ、嫌疑が夏夫に掛けられており、夏夫にとっても渡辺にとっても、非常に不利な状況である。

ここまでが、夏夫の証言と事件の調書によって得られた内容である。

渡辺は、この一度目の火事こそが、これら一連の事件の引き金《トリガー》となったのではないかと直観した。もしもそうだとするなら、この火事の原因解明こそが、事件の核心にせまるうえで、重要な糸口になるにちがいないと、渡辺は確信している。

さて、事件の背景はというと、これが厄介で、調査にてこずる一因でもある。

招提寺には、曰くつきの観世音菩薩像がある。この観音像とは、天平時代の逸品で、その昔、廃寺となった寺より譲り受けたものだそうだ。

観音像を譲渡されて以来、この寺は、百年に一度、必ず大きな火災に見舞われてきた。その都度、寺は甚大な被害を受けた。が、なぜか観音像だけは、無傷で受け継がれてきた。ただし、観音像の無事の代償として、人が一人、あたかも人柱のごとく、焼け死んでいるのである。

今回の事件でも、七夕が火災の犠牲となり、あたかもそれと引き替えのごとく、観音像が無傷で助かったことから、言い伝えが現実のものとなったのだと、地元住人はすっかり萎縮してしまっていた。渡辺が聞き込み調査を行おうにも、なかなか重い口を開いてもらえない。

さらに、渡辺にとってしっくりこないのが、被害者の七夕についてである。

七夕は、幼い時分、行きずりの絵描きの男にともなって、この漁師町にやって来た。男が流行病《はやりやまい》で頓死したため、七夕はひとり遺された。ほどなく、不憫に思った地元の網元、秋澤家に七夕は引き取られた。

秋澤家は、代々網元を受け継いできており、当時は町一番の網元であった。秋澤家には、長男の秀樹がいるのだが、七夕とは十以上も年が離れており、秀樹は七夕を溺愛した。

渡辺にとっては、にわかには信じがたいことであるが、秋澤家が養子として七夕を迎える際、しかるべき法的手続きを怠ったのか、七夕には戸籍がない。戸籍はおろか、七夕に関する公文書、私文書の類が、美術大学の学籍簿をのぞいては、まったくと言っていいほど残っていないのである。

本当に七夕は、現代日本人なのだろうか。もしかすると、おとぎの国の住人なのでは……と、さしもの渡辺も、思わず戯れ言を漏らしてしまいたくなるほど、お粗末な有様である。

ところで、秋澤一族は、五年前の相次ぐ不幸の末に、今ではすっかり凋落してしまっていた。

五年前に起こった海難事故。秋澤夫妻と息子の秀樹の三人が、真夜中に漁船にて操業中、見知らぬ船舶に当て逃げされ、夫妻は漁船もろとも沖合に沈没、秀樹だけがかろうじて助かった。この事故に関しても、得られた情報は秀樹の証言のみで、詳細は不明。

海難事故と秋澤夫妻の不幸を機に、秀樹と、隣町の女、宮脇真智子との婚約が破談する。その後、秀樹は小さな漁船を借り受けて、漁で生計を立てながら、実の妹同然に七夕を養ってきた。

夏夫の話から推測するに、真智子という女も、招提寺放火殺人事件に関して、何やら一枚噛んでいるようである。

今、渡辺にとって最も引っ掛かっている点、それは、秀樹が夏夫に投げかけた捨てぜりふ。〝俺は決して忘れない〟とは、いったいどういう意味なのか。夏夫のことを、斉藤の息子だと名指しし、敵意をあらわにした秀樹の真意とは。

秀樹は、招提寺住職、城戸文司から、夏夫が久瀬家の息子であることは知らされている。それに、夏夫が十歳の時、事実上斉藤に引き取られていったことは、この町では周知の事実である。このことから、夏夫が斉藤の息子であるということは、秀樹には自ずと知れたことであろう。

では、斉藤は、秋澤家の人々に対して、過去にどんな仕打ちをしたというのか。その因縁が、今回の招提寺放火殺人事件と直接関わりがあるのだろうか。

時刻は、既に夜の九時をまわっていた。渡辺は窓の外を眺める。

渡辺のオフィスからは、都会の夜景が一望できる。このような立地に事務所を構えられるとは、つきに恵まれていたとしか言いようがない。

斉藤の側から、事務所立ち上げの件を持ち掛けられたのは、五年前のこと。検事上がりとはいえ、まだまだ駆け出しの独立弁護士に過ぎなかった渡辺にとって、自身専有のオフィスを持てるなんて、千載一遇のチャンス。喜んで、斉藤からの申し出を受けることにした。

斉藤は約束通り、即金で資金を用立ててくれた。そのうえ、顧客第一号として自らの名を連ねてくれた。

当時、斉藤に下心があるのだとか、渡辺がたらし込んだのだとか、色々と耳ざわりな噂を立てられたが、ふたりはやましい関係などにはなく、言いがかり以外の何ものでもなかった。斉藤は純粋に自分の実力を評価してくれたものと、渡辺は信じている。

はじめて、渡辺と斉藤が出会ったのは、とある有力者が主催するパーティーでの席だった。

互いに、名刺を交換した際に、

「渡辺裕美子さん、〝ゆみこ〟とは、いい名前だ……」

と、斉藤が言っていたのが印象的だった。

『〝ゆみこ〟なんて、ありふれた名前なのに……』

それ以来、仕事先や宴席で、ちょくちょく同席する機会が重なったこともあり、ふたりは良き友人となっていった。

斉藤は渡辺に対しいつでも、仕事上での立場以前に、ひとりの淑女《レディー》としてもてなしてくれた。斉藤の男性としての懐の深さに、渡辺は敬愛の念を抱いていた。

懇親を深めるにつれ、渡辺の斉藤への愛も深まっていった。ただしそれは、世俗の垢にまみれた恋慕の情ではなく、飽くまで、高潔でプラトニックな愛である。渡辺にとって斉藤は、あらまほしき理想像であり、あこがれであった。

『そう言えば、事務所の初仕事も、斉藤氏からの依頼だった』

確か、北陸のどこかの土地と漁船とを差し押さえたとかで、競売に掛けるので、その手続きを代行してほしい、とかいう仕事であった。

結局、漁船の方は海難事故で失われてしまったので、不動産登記の手続きのみを行った。とはいえ、単に手続き上のことで、渡辺はその土地を実際に目にしたわけではなく、形式ばかりで大した内容ではなかった。

「漁船……五年前と言えば、秋澤夫妻が、海難事故で、船もろとも行方不明になった時期……」

渡辺はやおら立ち上がると、五年前のファイルを棚の奥から引っ張り出してきた。埃を払いつつ、文書を見直す。と、今まで斉藤に対して抱いてきた絶対的な信頼に、綻びが生じるのを禁じ得なかった。

処分した不動産の登記簿によると、渡辺が五年前に手続き処理した土地は、今回事件のあった招提寺付近のものであった。

「まさか、あの斉藤氏が……秋澤家の私有財産を差し押さえて売り飛ばした……」

失われた漁船の代償は、漁船保険によって補填された、と考えると、辻褄が合う。斉藤は、秋澤家の全財産を、しかも漁師の命ともいえる船まで巻き上げた。これが事実なら、渡辺自身も知らなかったとは言え、斉藤の目論見に荷担していたことになる。

斉藤の性分からして、ただ単に我利をむさぼるためとは考え難い。

『斉藤氏と秋澤家には、どんな確執があったと言うのか』

夜分にもかかわらず、渡辺は斉藤の携帯電話に連絡を取る。が、いっこうに繋がらない。仕方なく、渡辺は、斉藤の自宅兼事務所に電話をかけ直した。

研修生が電話口に出てきて答えたのには、斉藤は出張でしばらく留守にする、とのことだった。行き先を尋ねても、先方は渋って教えようとしない。緊急に連絡を取りたい、夏夫の事件に関することだ、と食い下がると、

「実は私用で、北陸の日本海側のある半島の方へ出かけて行きました。いつ戻るのかは、分かりません」

と、答えが返ってきた。

*　　*　　*

翌朝、北陸に向かうため、渡辺は始発の特急に飛び乗った。

『斉藤氏の居場所は、事件発端の地にちがいない。

何としても、斉藤氏に真意を問いただしたい。五年前、秋澤家にいったい何が起こったのか。招提寺放火殺人事件に、斉藤氏が直接関わっていないのか。

それに、自分自身の心情として、納得いかないことがある。この業界に身を置いて十数年、自分も法曹界の端くれであり、責務を遵守してきたと自負している。

事務所開業の五年前、こんな因果があるとは露も知らず、斉藤氏の依頼ともあって、張り切って引き受けた初仕事。

確かに自分は、法的措置を粛々と遂行したに過ぎない。が、秋澤家に起こった禍《わざわい》を顧みると、まったく非がなかったと果たして言いきれるのか。

さらに、ここにいたって、またしても斉藤氏の依頼を引き受けるとは。宿世《すくせ》の罪障《つみさわり》と言うべきか』

特急の終着駅からレンタカーを借り、海岸沿いのハイウェーを、渡辺は直走《ひた》っていた。調査のために通い慣れた道程であったが、今日は心なしか趣が異なる。

昼前に現地に到着した。渡辺は、招提寺の山門付近の海岸沿いの県道に車を止め、車窓から海岸線に目を凝らす。もう季節は秋を迎え、砂浜には人影は無い。

ふと、遠くから汀を歩いて来る男がいる。渡辺は車から降りると、海岸へと向かった。

渡辺が海岸縁《べり》を歩いて行くと、男の方も渡辺に気づき、近づいてきた。

紛れもなく斉藤であった。

渡辺が突如目の前に現れたにもかかわらず、斉藤には、驚いたような素振りはなかった。予期していた、とも思われるほど落ち着きはらい、余裕とも開き直りとも取れる微笑を浮かべていた。

「調査は進展しているか？」

「帯広夏夫は必ず無罪になります。法的には。なぜなら、被害者秋澤七夕は、戸籍上、この世には存在していなかったからです。たとえ犯罪が行われようとも、成立はしません。いざとなれば、そういう弁明もあり得ます」

「そうか……」

斉藤は、水平線の遙か遠くを見晴るかす。

渡辺は問い掛ける。

「そんな理屈、本気で通用するとお考えですか？」

「やはり、すべて話さねばならぬようだ」

斉藤はため息をつくと、訥々と語り始めた。

「夏夫は、君も知っての通り、久瀬由美子との間に生まれた婚外子だ。当時のわたしは本気だった。すべてを捨てて、由美子とふたりでやっていく腹積もりでいた。見たまえ、この素晴らしい海を」

秋の海は、どこまでも穏やかに、満々とその碧《あお》をたたえている。

汀には、幾重にも絶え間なく、波がよせては返す。それらは、常に同じことの繰り返しでありながら、一つとして同じものはない。

汀の向こうには、日本海の大海原が。その遙か先では、水平線が海の碧と空の青とを分かつ。

岬の方から潮風が吹いてきて、斉藤と渡辺の頰を優しくなでる。

「海からの風に抱かれながら、海辺の小さな家で、わたしたち親子は、ささやかながらも幸せを分かち合って、つましく暮らし始めた。だが連中ときたら……」

斉藤は、にわかに声を詰まらせた。

「時代も時代だった。秋澤家は、ちょっと前まではここらでは名士でね。彼らは、よそ者であるわたしのことを忌み嫌っていた。それに、由美子のことも、ふしだらな女だと邪険にあしらった。ついに、わたしを追い立てるために、父にわたしの居場所を密告した。それによって、彼らは多額の報奨を得た」

斉藤は、拳を握りしめ、ぐっと何かに耐えているようであった。渡辺は、これほどまでに、感情に突き動かされた斉藤を、見たことがなかった。

「それからというもの、由美子はおろか、夏夫に会うことすらままならなかった。由美子とは、この世ではついに再会が叶わなかった」

斉藤は、思わず天を仰いだ。

「わたしは、秋澤家の連中を許せなかった。由美子のためにも、必ず復讐してやろうと、爪を研《と》ぎ、牙を研《みが》き、機をうかがっていた」

「そして、その機会が五年前に、ついに訪れたのね」

「秋澤家の親族の誰かが、投機に手を出して多額の負債を抱えている、という噂を耳にした。わたしは連中にとどめを刺し、財産を、漁船も含めて、すべて巻き上げてやった。因果応報だと思った」

「五年前の不動産登記は、その時のものだった。わたしも、秋澤家を窮地に追い込むのに一役買ったわけね」

斉藤は、黙ってうなずいた。

「どおりで。あなたの恨みなど何も知らない秋澤秀樹が、夏夫さんに恨みを抱いていても不思議ではない」

斉藤は自嘲の笑いを漏らした。

「今度は自分の息子に災難が降りかかるとは……因果応報とはよく言ったものだ」

「秋澤家に対する復讐には、どうしても〝ゆみこ〟でなければならなかった？」

「渡辺君、君の名が裕美子であることとは、一切関係ない」

「あなたの過去です。あなたが決着をつけなければ……」

渡辺は斉藤に背を向ける。斉藤は、思わず渡辺の背中を抱き寄せる。

「由美子、すまない……」

渡辺は切なかった。斉藤はやはり、遠き日々の幻影と渡辺とを重ね合わせていた。

「わたしは、あなたが想っている由美子さんではありません」

渡辺は斉藤の手を払いのけると、振り返らずに立ち去った。

＊　＊　＊

北陸から戻った渡辺は、ひとり事務所でデスクに向かっていた。かたわらには冷め切ったコーヒー。招提寺放火殺人事件に関わる、一連の因果関係を整理してみる。

事の発端は、遡ること二十数年前。

駆け落ちした久瀬由美子と斉藤は、北陸の由美子の実家の久瀬家で、ひっそり暮らしていた。その時、夏夫が生まれる。

ところが、地元の網元、秋澤家の密告により、斉藤は、跡取りとして実家へと連れ戻される。それっきり、由美子とは生き別れになってしまった。

夏夫が十歳の時に、由美子は病死。斉藤は、由美子の忘れ形見である夏夫を密かに引き取って、使用人である帯広夫妻に託し、自身は夏夫の後見人となった。

そうしつつ、秋澤家への復讐の炎を燃やし、虎視眈々と機会をうかがっていた。

五年前、ついに実行の好機が訪れた。

斉藤は、あくまで機に乗じただけだと言っていた。が、もしかすると、斉藤の方から、わざと投機を持ち掛けて、罠を仕掛けたのではないか。そう考えるのは、邪推であろうか。

案の定、投機に失敗した秋澤一族は、本家、分家もろとも、身ぐるみ剥がされた。秀樹と七夕やその両親も、例外ではなかった。

そして、秋澤夫妻の漁船による海難死亡事故。見知らぬ船舶による当て逃げ、と処理されてはいるが、これも本当にそうなのだろうか。それを証明するのは、秀樹の目撃証言だけである。秀樹が虚偽の証言をしていたとしたら……。もしも、保険金目当てに、わざと海難事故に見せかけていたとしたら……。

いずれにせよ、斉藤の秋澤家に対する長年の怨恨を知らない秀樹にとっては、斉藤は、秋澤一族を滅茶苦茶に引き裂いた諸悪の根源に過ぎない。

今度は、秀樹が、斉藤への復讐の炎を沸々とたぎらせていくことになる。


少し長かったが、前置きは終わり。いよいよ本題へと入っていく。

二ヶ月前の八月のこと、斉藤の息子、帯広夏夫が生まれ故郷へと帰ってくる。もちろん、五年前の経緯など露も知らずに。

夏夫は突如、秀樹の目の前に現れたのである。

しかも、この敵とも呼べる夏夫が、こともあろうに、秀樹が溺愛する妹の七夕に好意を寄せるとは。秀樹にしてみれば言語道断の悪行。秀樹は、夏夫に対して敵愾心をむき出しにする。

ここまでは、前回までの夏夫との面会で、明らかとなった内容である。ここからどうやって、招提寺の放火及び七夕の焼死へとつながるのか。

この七夕というのも、謎多き人物だ。

絵描きと称する流れ者の子で、この男が流行病で急逝したことにより、秋澤家に養子として引き取られた。従って、秀樹と七夕は、血のつながらない兄妹になる。

ただし、この七夕という被害者の女は、手続き上の不備や災害などが重なり、戸籍が残っていない、言わば書類上では存在しない人間なのである。親の血を受け継いだのか、七夕は非常に絵の才能があり、特待生として美術大学に通っていた。

秀樹は、両親を海難事故で亡くし、網元としての地位を失い、隣町の女、真智子との縁談も御破算になってしまった。その後は、甲斐甲斐しく七夕の面倒をみ、遠洋漁業の出稼ぎにも精力的に出かけては、大学の学費も全額工面してやっていた。

こうしてみると、美しき兄妹愛のように見受けられるが、秀樹と七夕の兄妹は、どうも一筋縄では推し量れない関係のようである。

とにもかくにも、招提寺放火殺人事件の鍵を握る秀樹は、事件以来失踪中。もはや、事件の真相解明は、夏夫の供述にかかっている、と言っても過言ではない。

『それにしても、斉藤氏にとって、わたしは復讐劇の配役の一人に過ぎなかったただなんて……、まったく解せない話だ。

時折感じていた斉藤氏の熱い視線には、そういう意味があったのか。過去の人間と置き換えられた偏愛など、到底受け入れられるものではない。

ただ、わたしにも意地がある。わだかまりはあるが、依頼された仕事は最後までやり遂げるのが、わたしの信条だから』

渡辺は資料のファイルを閉じた。

『頭の中も、心の内も、ちゃんと清算した上で、もう一度仕切り直し』

渡辺は、オフィスの窓ガラスに映る自分の顔を眺める。大きく深呼吸した後、両指を頬に当てて、優しく押し上げて、少しばかり笑顔を作ってみる。

『忘れちゃいけない……』

心の中で呟く。

渡辺は、冷めたコーヒーを温かいものに入れなおそうと、立ち上がった。

＊　＊　＊

しばらくぶりに、渡辺は夏夫との面会に訪れた。

『おそらく、夏夫の方も気持ちの準備ができているだろう。今日こそは、事件の結末まで聞き出せるにちがいない』

渡辺は、確信めいた何かを感じていた。

夏夫は、憔悴しきった様子であったが、以前よりは持ち直しているようである。

復讐の応酬の渦中に巻き込まれていることを、夏夫は知ってか知らずか、渡辺の顔を見るなり、微笑みを浮かべる余裕も出てきた。

渡辺は、まずは差し障りのない拘置所での生活ぶりなどを尋ねた。それから、調査の進捗状況を説明しつつ、夏夫の心境を探ろうと試みる。

やはり、つかみ所のない飄々とした態度は相変わらずである。

渡辺はそろそろ、本題である事件の真相の続きを聞き出したいと、タイミングを計っていた。それを察したのか、夏夫の方から、わざと空々しく切り出してきた。

「どこまで話したんでしたっけ……」

夏夫は淡々と語り始めた。

虚実

「帯広さん、相変わらず寝坊ね。もうそろそろ起きて下さいよ」

真智子の屈託のない声が、階下から響いてくる。夏夫は、寝床から時計を見る。九時半を過ぎたところだった。

昨晩、帰り際に、夏夫に浴びせかけた秀樹の捨てぜりふが気に掛かって、どうにも寝つけなかった。

秀樹は夏夫を、斉藤の息子だと罵り、斉藤が秋澤家にした仕打ちを決して忘れない、と言っていた。

なぜ秀樹は、夏夫が斉藤の子だということを知っているのか。その点に関しては、招提寺の住職城戸文司から聞き出したと考えられる。では、もう一つの疑問。いったい斉藤は、秋澤家に対して何をしでかしたというのか。

考えに考え抜いた挙げ句、うつらうつらしてきた時分には、もう既に明け方近くになっていた。そこからようやく一寝入りして、九時半を回って真智子に起こされた。

夏夫が階下の食堂に下りて行くと、テーブルには、見計らったかのように、夏夫の朝食が用意されている。夏夫が食卓に着くと、真智子が茶を給仕しに来る。

「昨日の晩は、どうも……。別に、どうってことはなかったんです。ただ……」

夏夫が、昨晩の秀樹とのいざこざについて訳を話そうとすると、真智子はわざとよそよそしく、夏夫の言葉を遮る。

「夕飯が要らない時には、前もって知らせてくれないと」

「すみません」

夏夫は恐縮した。

「ところで、昨日の小火、あなた随分活躍したらしいわね」

「なんでご存じなのですか？」

「こんな小さい田舎町よ。昨日の小火について知らない人なんて、誰もいないわ。ところで、警察によると、放火なのですって。ここの事情に詳しい者の犯行らしいって、本当かしら？」

真智子は悪戯っぽく笑ってみせるが、次の瞬間、真顔になる。

「でも、用心した方がいいわよ。わたしも含めてだけれど、よそ者は。こんな小さな田舎では、顔なじみの中から放火犯なんて出て欲しくない、と願うのが人情というもの。もちろん、犯人があなたでないことは明らかだけれど。みんな神経質になっているから、充分注意して行動した方が身のためね」

真智子の言葉に、老婆心が過ぎると、夏夫は高をくくっていた。

＊　＊　＊

朝食を済ませると、夏夫は招提寺へと向かった。

昨日の小火の経過が気になったのと、いつもよりも早く、七夕がスケッチに来ているのではと期待し、境内へと続く石段を上って行く。

それにしても、母と最後に訪れた因縁の寺で、まさか自らの手で観音様をお助けするとは、夏夫自身思いもよらなかった。

まだ子供で非力だった故に、救えなかった母の命。このたび、観音様が母に成り代わって、十数年来の無念を、夏夫に晴らさせてくれたのではないか。この上ない充足感が、夏夫の心の隙間を満たしていた。

石段を上り切った山門の下、七夕の姿はなかった。

『ちょっと早すぎたかな……。仕方がない』

とは思うものの、夏夫は多少がっかりした。

『それにしても、昨日の小火では、随分取り乱していたし、疲れが出たりしていないだろうか』

昨日の騒ぎから一転し、今日の境内は静寂に包まれている。立ち入り禁止のポリスラインも取り除かれていた。境内の奥の観音堂は、思いの外損傷が少なかったようだ。とはいえ、無惨な焦げ痕が、そこかしこにこびりついている。

夏夫は金堂へと向かう。緊急避難させた観音像は、今のところ、ひとまず金堂に安置されている。白い布で厳重に梱包された像が、金堂の扉の隙間からかいま見られた。

夏夫は、金堂の脇を抜け、収蔵庫の隣にある詰所をのぞいてみる。住職が気配を察して、詰所の奥から夏夫を振り返る。

「昨日は随分ご馳走になって、どうもありがとうございました」

夏夫が丁重にお礼を述べると、文司は屈託のない笑顔を返した。

「今日は七夕さん、来ていないのですね」

「ええ？　そんなはずはない。今朝、まだ日の昇る前に、秀樹さんが漁に出るのを見送って、わしとふたりで日の出を拝んでから、朝食を頂いて、それから一緒に寺まで来たんだ。そこらを捜してみれば、きっといるはずだ」

七夕にしては、珍しく早いお出ましようだ。

「民宿で真智子さんから聞いたのですが、昨日の小火、警察によると放火の疑いがあるらしいですね」

「そうなんだ。何やら発火の仕掛けらしい燃え残りがあったとかで……。その辺のことは、わしにはよく分からんのだが」

住職は頭を抱え込んだ。

夏夫は再び境内に戻ってみる。人の気配はなかった。

杜の木立がかすかに揺れ、夏夫を誘う。寺の境内の裏、杜に囲まれた墓地へと続く小道へと、夏夫は何となく足が向いた。

『そうだ、母と祖母の眠る墓に参っておこう』

夏夫が小道を歩きながらふと前を見ると、七夕がこちらへやって来るではないか。夏夫の心臓は、一瞬にして高鳴った。

七夕の方も、夏夫に気づいたようだ。夏夫の姿を見るなり、七夕はポリタンクのような白い容器を抱えていたのを、草むらに投げ入れて隠した。

「どうしたの？　よかったら、僕が持って行ってあげるけど」

夏夫が尋ねると、

「何のこと?」

と、七夕は軽くうそぶいてみせる。

今にして思えば、七夕には、それをどうしても隠しておかなければならない事情があったのだ。しかし、その時には、そんなことはそれほど夏夫の気にはならなかった。

「昨日はいろいろあって大変だったけど、大丈夫?」

「平気よ」

七夕は素気なく答えた。

ふと、珍しく七夕の方から夏夫に話しかけてくる。

「お祖母さまのお墓参り、これから一緒に行かない?」

七夕は夏夫の腕を取ると、まるでその場から早く立ち去りたいかのごとく、半ば強引に、杜の小道を進んでいった。

墓地へと続く小道は、昨日の黄昏時とは趣がうって変わって、さわやかな陽光が燦々と降り注いでいる。

昨日は気づかなかったが、傍らには桔梗が群生しており、白や紫、色とりどりの花々が、今が盛りと咲き誇っている。

七夕はふと立ち止まる。傍らの桔梗の花を何本か見繕うと、爪の先で以て器用に桔梗の茎の中程から摘み取っていく。いとも造作ない仕草に、夏夫はいささか躊躇《ためら》いを覚えた。

「なぜ咲いている花を、わざわざ摘み取るの？」

と、夏夫が尋ねると、

「桔梗は多年草だから、毎年決まったように咲くの。それほど気にすることはないわよ。それに、お墓にお供えするお花もないなんて、寂しいから」

と、七夕は言う。

夏夫と七夕は、連れだって墓地に着く。

墓地には、喪服に身をかためた誰かの親族と思しき一行が、先に墓参りに来ていた。一行は皆一斉に、ふたりの方を振り返る。一瞬にして、緊張が走り、張りつめた空気が辺りを支配する。きまりの悪い雰囲気を持て余し、夏夫は七夕の方をうかがう。七夕は平然と構えている。

夏夫と七夕は、一行を敬遠しつつ、久瀬家の墓へと向かう。墓前に先程の桔梗の花を供え、

ふたりは手を合わせる。

夏夫はちらりちらりと一行を一瞥する。彼らの方も、横目で夏夫たちを監視している。ことに若い男連中からは、排他的ともとれる威圧感さえ伝わってくる。七夕は、夏夫の腕を軽くつかむと、早々にこの場を立ち去ろうと促す。夏夫はそれに従った。

招提寺の裏山の小道から、海岸沿いの県道へと下りていく緩やかな坂道を、ふたりは下っていった。

夏夫は、昨日の小火騒ぎからこっち、英雄気取りでいい気になっていた。たしかに、夏夫のおかげで、観音像は火災から救われたと言えるだろう。

翻って考えれば、地元の人にしてみれば、夏夫がこの地に来てから、招提寺の小火という不穏な出来事が起きたとも言える。彼らにとっては、むしろ、夏夫は厄介者であると受け止められてもいたしかたない。所詮、夏夫はよそ者なのだ。

「さっきの、墓地での集まりだけど、一周忌だったの。わたしの中学の頃の、同級生の娘《こ》」

と、七夕は呟くように語る。

「上京して、半端ものの男と同棲して子を孕んだのだけど、結局、捨てられて……この先の岬から身を投げた。遺体は見つからなかった」

そう言えば、この土地には、知る人ぞ知る自殺の名所の岬がある。潮の流れが速いため、多くの場合、遺体は上がらないらしい。

なだらかな坂道をしばらく下ると、海岸沿いの県道が見えてくる。坂の中程から望む海の眺めは格別で、遠くには水面《みなも》が煌《きらめ》き、漁船が漁を行う様子が一望できる。

夏夫は、七夕を誘ってみる。

「このまま、浜辺まで行ってみないか？」

「今から？　昼間は、砂浜は暑くてたまらない」

七夕は、にべもなく断る。夏夫はばつが悪い。

ふたりは黙々と坂を下り、海沿いの県道に出る。

七夕が夏夫を振り返る。

「今晩、夏祭があるの。地区の子供たちが海岸に集《つど》って、火祭をするのだけれど。日が落ちる頃だと、暑さも少しはましになるし。一緒に見に行かない？」

七夕からの思いがけない誘いに、夏夫は、却って面くらい、すぐに返事ができなかった。

ふと、ふたりが歩いてきた道を振り返ると、七夕の兄秀樹が、ものすごい勢いで坂道を駆け下りて来るではないか。秀樹は程なく夏夫と七夕に追いつく。

「……お、お前……」

秀樹は何か言おうとするが、息を切らして言葉にならない。秀樹は血相を変えて、つかみかからんばかりに七夕を見つめる。

夏夫は、秀樹のただならぬ様相に、ただ呆気にとられていた。

七夕は落ち着き払って、秀樹に微笑みかけ、耳元でそっと囁く。

「あのポリタンクのことだったら、もう心配ない。誰にも見つからないように、隠してきたから」

　秀樹は驚いて、七夕の顔を見つめる。

「……隠したって……お前……」

　夏夫には、情況がさっぱり理解できなかった。

『秀樹は、いったい何を慌てているのか。七夕の言う〝誰にも見つからないように、隠してきた〟とは、いったい何を意味しているのか。さっき七夕が草むらに投げ込んだ、白いポリタンクと関係があるのか』

　突然、けたたましいクラクションが鳴り響く。

　海岸沿いの県道を、この風光明媚な漁師町にはまったく似つかわしくない、派手な真っ赤なコンバーチブルが、夏夫たちの方に向かって走って来る。

　夏夫は、もしやと思い、振り返る。

　騒々しくオーディオを鳴らし、若者たちが車内ではしゃぎあっている。

『憂鬱の種が、ここに来て頭をもたげてくるなんて……』

　はたして、斉藤が夏夫にあてがってくれた、例の〝相応しいお友達〟である。夏夫の行く先々について回る、いわば、おつきの親衛隊。というよりは、斉藤の差し金のお目付役。

『まさか、こんな田舎くんだりまで乗り込んでくるとは……。時と場所と情況もわきまえず、これ見よがしに高級車で。若造の分際では、とても乗り回せるようなものではない代物で』

　夏夫は、あきれるやらみっともないやらで、できることなら連中と関わり合いたくなかった。まして、七夕に、連中と同じ類の人間だと見なされることなど、あってはならない。

夏夫は、なるべくコンバーチブルの方を見ないように、顔を背けた。

夏夫と七夕、秀樹の三人のそばまで来て、コンバーチブルは停車する。運転席から、男が夏夫に声をかける。

「おい、夏夫」

夏夫はびくりと背中をふるわせる。この期に及んでは、もはや連中をしかとする訳にはいかない。

「お前ら、どうしてここに……」

夏夫はわざと驚いたように装う。

「お前こそ、行き先も告げずに突然姿を消して。携帯はつながらないし……。捜したぞ。こいつが、お前に会いたい、って言うから」

男に親指で指された女が、助手席から身を乗り出す。女は高飛車な目で、七夕と秀樹を一瞥する。若く美しい女と、粗野で無骨な田舎男、それに夏夫。三人のただならない雰囲気。

秀樹は、鋭い目つきで連中をきっとにらみつける。

車の中の連中は、どうやら自分たちが場違いなところに来合わせてしまった、ということにようやく気づいたようだ。

「俺たちは、この先にある、親父の会社の保養所に泊まっている。ダイビングでもしようと思うんだ。お前も来るだろ」

まごついて、夏夫は七夕と秀樹の方をうかがう。ふたりは素知らぬ顔で、夏夫から目を逸らせる。

助手席から、女が夏夫に呼びかけた。

「乗れば」

突き刺すような鋭い声に促されて、夏夫はしぶしぶ後部座席に乗り込む。若者で満員になったコンバーチブルは発進する。

後ろ髪を引かれて、夏夫は振り返る。

「今夜、必ず行くから」

夏夫は七夕に向かって叫ぶ。

七夕と秀樹の背中は、ただただ遠ざかって行くばかりであった。

＊　＊　＊

七夕が言った通り、真昼の砂浜は猛烈な暑さだった。

若者たちはコンバーチブルから飛び降りると、着ているものを次々脱ぎ捨て、裸同然で汀を目指す。

男女入り乱れて、水面に戯れ、海の水の涼しさを味わった。

この海岸はまさしくプライベートビーチで、人目をはばかることなど無用である。とはいえ、連中の乱痴気騒ぎに、夏夫は少々閉口した。

夏夫は、斉藤に引き取られるまで、貧しい母子家庭で育ってきた。言うまでもなく、夏夫は金があることに、この上ない幸福を覚えるのは否めない。

ただ、金の使い方というものを、夏夫は知らない。明日の食いぶちの心配さえなければ、夏夫は満足である。

そんなしみったれた志向が気に入らない斉藤は、〝遊び〟を教えるべく、夏夫に〝相応しいお友達〟をあてがった。それが今ここにいる連中である。

彼らは、生まれながらにして育ちがよく、天真爛漫、と言うべきか、無軌道、と言うべきか、よその土地であろうとなかろうと、我が物顔で踏み荒らし、厚顔無恥でいられる。それに閉口しようものなら、自分の言い分をとうとうと並べ立て、結局自己の主張を押し通してしまう。

苦労知らず、世間知らずの御曹司、御令嬢特有の行為類型なのであろう。夏夫が感じた、彼らの実態である。

今回の旅では、夏夫はどうしても連中と距離を置きたかった。わざと黙ってひとりで出てきたというのに。どうせまたぞろ、夏夫を偵察するよう、斉藤が差し向けたのであろう。あきらめるよりほかない。

夏夫はパラソルの下に横たわり、まぶしげに水平線を眺めている。

全身ずぶ濡れになった女が、小走りでやって来た。夏夫の服が濡れるのもお構いなしに、夏夫に寄り添って、同じようにパラソルの下に横たわる。

さっき、夏夫に車に乗るよう促した女だ。彼女も、斉藤が夏夫にあてがったものだ。

女は、思わせぶりに夏夫を見るが、夏夫はただ物憂いばかりである。

『さっき、秀樹は、なぜあれほど血相を変えて走り寄ってきたのか。七夕は〝隠してきたから心配ない〟などと言っていたが、あれは白いポリタンクのことなのか。だとすれば、なぜそんなものを隠す必要があるのか。

あれから、七夕と秀樹はどうなったのだろうか。

今夜、七夕と海岸に火祭に出かけるという約束は、有効なのか』

そんなことが頭の中を繰り返しよぎって、夏夫の心はまるでここにはなかった。

女が、夏夫の顔をのぞき込む。

「何考えているの？　さっきの娘《こ》のこと？　美人よね」

「まさか……」

「図星でしょ。目がうろたえている」

夏夫は、話題を逸らせようとした。

「ダイビングするって言っていたけれど……」

「別にいいのよ。わたしだって適当に遊んでいるんだし。あなたとは、所詮うわべだけの関係でしかないのだから」

ふたりはしばらく黙り込んでいる。浜辺で戯れる若者たちの声が、心なしか遠くに感じられる。

「パパのクルーザーが明日ここの近くの港に着くの。それで沖に出てダイビングする予定だけれど、夏夫も来るでしょ？」

「明日か……」

夏夫は、連中と共にダイビングに行くのは、あまり乗り気ではない。むしろ、ここでは彼らとは距離を置いておきたい。そもそも、斉藤の目の届かないところに我が身を置きたくて、ここまでやって来たのだから。

それに、保守的な気風が色濃く残る土地柄で、傍若無人に振る舞う連中と同一視されたのでは、夏夫にとって都合が悪い。

「泳がない？」

女は誘うが、夏夫は首を横に振る。

いくら誰も見ていないとはいえ、水着も着ないで裸同然の姿ではは［し］たない。夏夫は躊躇いを覚える。

「あなたはいつだってそう。自分の殻に籠もって。裸になって自分をさらけ出そうとしない、意気地無しよ。それとも、誰かさんに見られると、まずいとか？」

「別に……」

「ここの暮らしにすっかり馴染んでいるみたいね。そんなにあの娘《こ》がいいの？」

女は、図星だと言わんばかりに、したり顔で笑みを浮かべる。

「そんなんじゃないよ。もう帰る」

夏夫は立ち上がると、踵を返す。

女は夏夫に向かって叫ぶ。

「もう、斉藤さんのところには戻らないつもり？」

「まさか……」

夏夫はそう言い捨てると、振り返らず、砂浜を後にする。
＊　＊　＊

夏夫は民宿へ戻ると、二階の客室にて寝転がり、腕を枕に天井を見つめていた。

不可解な事象が、頭の中を巡っていく。

『秀樹は、なぜ自分を目の敵にするんだ？　妹の七夕に近づくことへの牽制か？　それにしては、激昂し過ぎやしないか？　ほかに理由があるとするなら……』

昨夜、秀樹が吐いた捨てぜりふが、夏夫の脳裏をかすめる。

〝お前は、斉藤の息子だろ。斉藤が、俺たち家族にどんな仕打ちをしたか、俺は決して忘れない〟

夏夫は十歳までこの漁師町で暮らしていたし、それに、招提寺の住職からもいろいろと夏夫の事情は聞かされているであろうから、無論、夏夫が斉藤の息子であることを秀樹が承知していても、何の不思議もない。

どうやら、夏夫の父斉藤が秋澤家にしでかしたことに対して、秀樹が夏夫に恨みを抱いているらしい。では、斉藤は、秋澤家にいったい何をしたというのか。夏夫には、まったく心当たりがない。

『昨日起こった招提寺の火事。さいわい小火で済んだものの、今朝になって、放火だった疑いが浮上してきた。しかも、あの寺の事情に詳しい者の犯行らしいというではないか。

もしもそうだとすれば、いったいどこの誰がどんな目的で、観音堂に火を放ったというのか。観音様に火を掛けるなんて、そんな不信心者が、地元の人の中にいるだろうか。あるいは、愉快犯の仕業か？

時折ささやかれる、七夕の意味深長な言葉。〝わたし、見たのよ〟と、繰り返していたが、いったい何を見たというのか？

さっきも、秀樹に〝もう心配ない〟などとささやいていたが、いったい秀樹は、何を心配しなければならなかったのか？　あるいは、七夕が、秀樹をかばわなければならない事情でもあったというのか？　七夕は、昨日の小火について、何らかの真相を握っているのかも。

真智子の態度も気になる。真智子は、普段はとても気さくで心ばえの良い人である。が、時折、陰のある一面を見せる。ことに秋澤兄妹の話題になるやいなや、表情が曇り、不自然なほどよそよそしくなる。

それに、自分に対して、〝よそ者だから、用心するように〟などと、忠告してくれるのも、老婆心が過ぎるというか、差し出がましいというか、却って鼻につく。

つい今し方も、投身自殺をはかって亡くなった若い娘の一周忌に、招提寺の裏山の墓地で、たまたま出くわした。それだけで、親族の一行からは、うさんくさい目で見られるし……。

ただでさえ、雲をつかむような、あやふやな状況に戸惑っているのに、今日になって、何の前触れもなく、〝お友達〟連中が押しかけて来たではないか。連中は、自分のこの土地での居場所を見事に引っかき回してくれた』

何よりも、七夕にあらぬ誤解を招いたのではないか、と考えるだけで、夏夫には我慢ならない。

『今夜、一緒に火祭へ出かける約束は、反故になっていないだろうか？』

目下、そのことばかりが気にかかる。

傾き始めた夕陽が、二階の客室のカーテンを茜色に染めていく。

強烈な西日に誘われて、夏夫は起き上がると、窓の外を眺める。岬の遙か先の水平線の上に、太陽が朦朧と揺らめいている。海岸縁に目を移すと、汀を歩いている女。目を凝らすと、真智子だった。

気がつけば、夏夫は裸足のまま砂浜に降りてきていた。

夏夫の気配に気づいて、真智子は立ち止まる。西日を背に浴びて、真智子のシルエットが浮かび上がる。

「悪いことは言いません。お友達とともに、お帰りになった方が……」

　夏夫は問い詰める。

「なぜですか？　秋澤兄妹の話を持ち出す度に、あなたは妙によそよそしい。どうして？　どういうことなのですか？」

　真智子は、言っても仕方がないと、半ばあきらめ気味に答える。

「これ以上関わり合いにならない方が身のため。まだ気づかないの？　気づいてからでは遅過ぎるのかも……」

　あたかも定められた運命であるかのように、行く末を案じる。そんな真智子の言動に対し、余計なお世話だと言わんばかりに、夏夫はむきになる。

「誰と関わり合いになろうと、あなたには関係ない。あなたや秀樹さんと一緒にしないでもらいたい」

　夏夫は、とんでもないことを口走ったと、はっとする。

「その通りね。でも、わたしが気づいた時には、遅過ぎた。同じ轍を、あなたには踏ませたくない。ただそれだけ……」

　真智子は、悲しい目で夏夫を見返す。その瞳の奥底に、真実が見え隠れするのを、夏夫はひしひしと感じる。夏夫は、真智子が味わったような、ひょっとすると、それとは比べものにならないほどの、苦渋を味わうかもしれない。

　それでも夏夫には、七夕を求める衝動を、抑えることはできない。七夕との関わりを妨げられるほどに、ますます七夕への想いが募っていく。

『誰に何と言われようと、かまうもんか！　七夕に会いに行かねば！　七夕は待ってくれているにちがいない』

とにかく、火祭に行って七夕に会わないことには、この衝動はおさまらない。

夏夫は、ひどく動揺し混乱したまま、裸足で砂浜を駆け出す。七夕との大切な約束を果たすために。約束の場所へ。

＊　＊　＊

沈み行く太陽を後目に、夏夫は砂浜をひたすら走り続けた。

やがて、太陽が沈むと、かわって、月が夜空の支配者となる。

その月明かりに照らされて、陸の方から、松明を掲げた行列が、海岸に近づいて来る。行列は、砂浜へと下りて来る。

松明を持った何十人もの子供たちと、地元の若者衆。若者衆は、先に炎の入った籠を吊り下げた竿を、高く差し上げている。

夏夫は夢中で走り続けてきたが、ついに息が上がって立ち止まる。辺りを見回すと、いつの間にか数本の松明に取り囲まれているではないか。

夏夫は両手を膝に当てて腰を落とし、荒い息を整える。

不意に、火の粉が頬の脇をかすめる。若者衆の一人が、竿を振りかざし、夏夫の周囲を挑発するかのごとく踊り舞う。

見事な竿さばきで、下りたばかりの夜の帳を、炎が引き裂く。

子供たちが、金切り声とも歓声ともつかない叫び声を上げる。

目眩く中、夏夫が懸命に目を凝らすと、見事な竿さばきの主は、秀樹であった。またも悪夢の続きが再開されたのかと、夏夫はたじろぐ。

よろめきながら、炎の群れからようやく逃れ、夏夫は砂浜の上に倒れ込む。

夏夫は仰向けになり、そのまま目を閉じる。耳に入るのは自分の息づかいのみ。

ふと、夏夫を見下ろす気配を感じる。柔らかい光に包まれた、母のような優しさ。母が天から降臨したのか。あるいは、あの観音様か。手を差しのべ、夏夫の肩を抱こうとする。

夏夫ははっとする。実際に、夏夫の肩に触れるものがある。

目を開けると、七夕が夏夫の肩を持ち上げて、起こそうとしているではないか。夏夫は我に返り、自力で立ち上がる。

七夕は夏夫の手を引っ張ると、火祭を取り囲む見物人の群衆の中へと連れて入る。

衆人の中に紛れ込むと、七夕はほっと一息ついていた。

が、いつまでも群衆の中にいたのでは息苦しくなってくると、今度は夏夫が七夕の腕をつかんで、群衆の外へと連れ出す。

人垣からはずれた砂浜で、夏夫は立ち止まる。

月明かりだけが、夏夫と七夕のふたりを照らし出す。

夏夫は、七夕の顔をもっとよく見たいと思った。七夕の肢体を抱き寄せ、額にかかる髪をそっと払う。

『七夕にどう思われようと構わない、ただこうしたい』

そのまま吸い寄せられるまま、七夕の唇に自分の唇を重ねた。刹那だったが、永劫に思われた。

七夕が夏夫の体を突き放し、背を向けて佇む。

夏夫は、やり場のない熱情にただ絆《ほだ》されていた。

＊　＊　＊

翌日、いつになく早起きした夏夫は、早々に朝食を済ませようと、食堂へと下りて行く。というのも、この時間帯なら、まだ他の宿泊客も朝食を摂っているはずなので、真智子とふたりきりになることはないからだ。昨日のこともあり、気まずくて、差し向かいではさすがに真智子と顔をあわせられない。

案の定、食堂は朝食の準備で慌ただしく、真智子は他の客の給仕に忙しそうである。食堂に顔を出した夏夫に気づいて、真智子が声をかけてくる。

「おはよう。今朝は早起きね」

真智子は、いつもと変わらぬ屈託のない笑顔で、夏夫に接してくれた。夏夫は、杞憂だったのか、とほっとする。

安心するやいなや、もう一つの心配事が夏夫の頭の中に浮上してくる。

『七夕はどうしているだろうか？　昨夜の自分の強引なやり口を、うとましく思ってやしないか？　火祭の後、家まで送って行きはしたものの、自分を誘ったばかりに、まさか秀樹は、七夕にひどい仕打ちをしてやいまいか？』

夏夫は、早々に朝食を済ませてしまったので、いつもより早めに、招提寺の境内に行ってみようと考えた。が、今からでは、七夕がデッサンにやって来るまでには、まだまだ時間がありすぎる。

そういえば、例の〝相応しいお友達〟連中が沖へダイビングに行く、と言っていたのを夏夫は思い出した。暇つぶしに、今日彼らの小型クルーザーが停泊するという観光専用の港へ立ち寄ってみることにした。

港の桟橋では、ちょうど連中がダイビングの下準備をしているところだった。

この漁師町でも、最近でこそ観光の一環として、ダイビングを細々と誘致はしている。とはいえ、クルーザーまで仕立てて来る客はそうはいない。物珍しそうに、地元の漁師たちが遠巻きに見物している。

夏夫は桟橋へと近づいて行く。連中の一人が夏夫に気づき、声をかけてくる。

「夏夫、お前も来るだろう？」

「僕は、何の準備もしてきてないし……」

「とりあえず乗れよ。一緒に沖へ出よう」

連中に背中を押されて、仕方なく、夏夫はクルーザーに乗り込む。

エンジンがかかり、クルーザーは次第に護岸から離れていく。

夏夫は、岸壁の方を振り返る。秀樹が護岸に立って、クルーザーの方をじっと見つめているのが目に入る。クルーザーが沖に向かうにつれて、秀樹の影は次第に遠のいていく。

しばらく航行すると、沖の岩礁付近で、クルーザーのエンジンが止められる。デッキでは、がやがやとダイビングの準備が始まる。

「ここがダイビングスポットなのか？」

夏夫が尋ねる。

「ああ。仲間内では相当有名な場所だ。このすぐ下は岩礁になっていて、日本海の海洋生物を見るにはうってつけなんだ。流れも速く、座礁しやすいから、船はほとんど近づかない。いわば、穴場だね」

彼は、さらにつけ加えた。

「ここだけの話だが、五年前、海難事故があって、ここの岩礁辺りに漁船が沈没しているそうだ。操業していた漁師夫婦の遺体は上がらず仕舞い、なんだって。興味をそそられるだろう？」

夏夫はふと、招提寺の住職の話を思い出す。

五年前と言えば、七夕と秀樹の両親である秋澤夫妻が、真夜中の操業中、海難事故に見舞われて亡くなった年のはず。

「フォローは頼んだぞ」

夏夫以外の若者たちは、続々と海中へ飛び込んで行く。全員が海中に沈んでいったところで、水面を覆う水泡が治まると、辺りは静寂に包まれる。

風と波の音の他には、何も聞こえない。

穏やかだった。すべてが完璧な調和の下にあった。海のイデアというものがあるとするなら、こういうものであろう。快晴の空をゆっくり流れていく雲を眺めて、夏夫はほっと息をついた。

延々と続くと思われた、イデアの世界。

突如、静寂を破る水面の泡。潜っているはずの連中の一人が、急浮上してきたのだ。夏夫は、とっさに手を貸して引き上げる。

「何やっているんだ！　危ないじゃないか！」

ダイビング中の急浮上は、命取りにもなりかねない。あまりに無謀な行為に、夏夫は思わず怒鳴りつける。

「速い流れに巻き込まれて、みんな流され始めたんだ」

乱れる呼吸を整える余裕もなく、彼は夏夫に必死で訴える。突然の出来事に、ただ慌てるばかりのふたり。

すると、こちらに向かって、エンジン音が近づいて来た。一人乗り用の小さな漁船が、クルーザーのそばで停まる。秀樹である。

「他の奴らは、まだここら辺りで潜っているんだな？」

秀樹は大声で尋ねる。ふたりは大きくうなずく。

秀樹は、シャツを素早く脱ぎ捨てると、そのまま海へ飛び込んで行った。

再び、辺りは静まりかえる。風と波の音、ふたりの息づかいだけが、耳に入ってくる。ほんの短い合間だったが、おそろしく長く感じられる。

命綱をつかんで、秀樹が水面に上昇して来た。秀樹が命綱を引き上げると、それにつられて、他の連中も相次いで海面に浮かんで来た。

夏夫たちは、上がってきた連中を、次々にクルーザーに引き上げた。皆、息も絶え絶えに、疲労困憊しきっている。夏夫と秀樹は、皆のダイビング機材を下ろさせた。

少々落ち着いたところで、秀樹がおもむろに口を開く。

「ここの岩礁は流れが速い。座礁する船も多い。何をしていたんだ？」

「沈没した漁船があると聞いて……ダイビングスポットらしく……」

連中の一人が、口ごもりつつ答える。

「俺の親父とお袋の船だ。ふたりとも亡骸さえ見つからない」

秀樹は淡々と言い放つ。皆絶句して、ただ項垂れるばかりだった。

＊　＊　＊

秀樹の乗る漁船に導かれて、小型クルーザーは、もと来た観光専用の港の桟橋に帰港する。帰りつくやいなや、秀樹はそのまま漁港へと引き上げていった。

夏夫を除く全員が、そそくさと帰り支度を始める。あまりの手際の良さに、あきれはしていたものの、結果として、煩わしい〝相応しいお友達〟連中は、皆引き上げていってくれるのだから、夏夫としては都合が良かった。

連中は夏夫に、早く斉藤のもとへもどるように、とだけ言い残すと、赤いコンバーチブルに乗り込んで、逃げるようにこの地を去っていった。

彼らの見送りを済ませると、夏夫は急ぎ、招提寺へと向かう。時刻は正午を少しまわったくらい。七夕はもう来ているにちがいない、と思いながら息を弾ませて山門の石段を上って行った。

夏夫は、例によって山門をくぐる。境内の白州が、石段を照らすそれより一層眩しい陽光に照らし出される。

厳重に錠を下ろされた金堂の前で、ひとり佇む七夕の後ろ姿。中をのぞき見ることは叶わない。小火で焼け出され心もとない観音像を、思い描いているのか。

夏夫はそっと近寄ると、七夕の肩に手を触れる。

七夕は、相当意識を集中させていたらしく、驚いてスケッチブックを取り落とす。

「ごめん」

スケッチブックを拾い上げようと、ふたりは同時にかがみ込む。

夏夫は、ふと七夕の顔をうかがう。左の頬が、ほの紅く腫れているように見える。

「その頬、まさか……」

秀樹にやられたのではないか、と言いたいところだったが、夏夫は後の言葉を飲み込んだ。

「昨夜の火祭で、あなたが無理矢理わたしの手を引っ張って行った時、人垣にぶつかったのよ」

七夕は、紅くなっている頬をなでる。

「ごめん」

ほっとしたやら、ばつが悪いやら、夏夫は複雑な心持ちだった。ただ、七夕が本当に事実を述べているのかどうか、一抹の不安を覚えていた。

夏夫と七夕を見つけて、住職が近づいて来る。

「相変わらず、ふたりとも観音様が好きなようだね。明日、観音様にもとの観音堂にお帰り頂くことになった。午後から、その法要を執り行うのだが、もちろん参加するね？」

「もう、ですか？　随分早いですね。大丈夫なんですか？」

夏夫は尋ねる。

「所々焦げ痕はあるけれど、中は大して損傷は無いことだし。それに、修繕したくても、先立つものもないからね」

住職は苦々しく笑う。

＊　＊　＊

「岬に行ってみようと思うの」

七夕は、いつもながら唐突に言い出した。岬と言えば、例の自殺の名所である。

「今から？」

さっき、沖へ出てダイビングをしていて危うく海の藻屑となりかけた連中のことを顧みると、夏夫は多少気おくれする。が、そんなことを、七夕が知る由もない。

「あそこからの眺めを、絵のモチーフに取り入れたいから」

『七夕の言うことに、嫌とは言えないし、たとえ、嫌だと言ってみたところで、どうせ七夕ひとりで、岬へ出向いていくのだろうし』

相変わらずの直情径行。それが、七夕という女である。夏夫は一緒に行くことにした。

岬からの眺望は、聞きしにまさる、迫力とスケールだった。

夏夫は、岬の先端に立って、はるか遠くを見晴るかす。目でどこまで追っても、海また海。水平線が若干丸みを帯びているのがわかる。地球は丸い、ということを、夏夫はあらためて実感する。

「本当に何にも無いな。この世の最果てに立っているみたいだ」

海からの風はほどよく、今日のこの暑さを幾分和らげてくれている。ここは、いわば、日本海を専有できる、夏夫と七夕のふたりだけの貸し切り劇場だった。

一方、七夕は、せっかく岬まで足を伸ばしたのに、スケッチブックを開けるでもなく、デッサンするでもなく、ただじっと佇んでいる。しかも、海には背を向けて、海岸線の方ばかりを見つめている。

夏夫は七夕を振り返る。七夕は無言で海岸を指さす。その指先の方向を見ると、

「原子力発電所」

と七夕が言う。

リアス式海岸の縁ぎりぎりにまで広がる森。その中に、ぽっかりと浮かび上がる巨大建造物群。コンクリートの砦のような建物は、原子炉建屋であろうか。

森の緑と、海の碧と、空の青、そしてコンクリートの灰白色とがコントラストを織りなし、不可思議な調和をもたらしている。

「二十世紀の造形物の極めつけは、巨大科学《ビッグサイエンス》が産みだした巨大プラント。あらゆる人間味を削ぎ落とし、人間存在を矮小化させた」

海風が、七夕の髪を揺らす。

「いまや、それらが、わたしたちの最期を看取ってくれる。原発でも誘致しない限り、この土地が生き残る道はないから」

『七夕の口から、このようなリアリスティックな言葉が出るなんて……』

夏夫には意外に思われた。

「招提寺に観音様がいらっしゃる限り、この地は永遠に守られるよ」

「そうだといいけど……」

七夕は素気なく呟く。

夏夫は、岬の下、切り立つ崖をのぞき込む。

「飛び降りる人の気が知れない」

眼の前に口を開けているのは、海、と言うのは名ばかりの奈落。一歩過《あやま》てば、死の淵へと、足下をすくわれる。

ふと、夏夫は死を連想する。

『自分にとって死とは……』

母の姿が脳裏に浮かぶ。

その瞬間、逆巻く潮に、体ごと持って行かれるような、奇妙な感覚におそわれる。

目が眩んで、足下が覚束ない。夏夫は、自分の体が制御できなくなる。このままでは、崖から転落してしまう。

と、七夕が夏夫の袖口をつかむ。

「落っこちるよ！」

夏夫は我に返り、必死に首を横に振る。

ふたりは崖からにじり下がる。

＊　＊　＊

岬からの帰り道、夏夫と七夕のふたりは、海岸沿いの県道をとぼとぼ歩いていた。日はかげり始めたものの、暑さの上に風も無く、路上は異常なほど蒸していた。路傍から立ち上る陽炎が、幻の過去へと夏夫を誘う。

『母とふたり、招提寺へと向かう道。あの日も今日同様、暑い夏の日だった。今にも陽炎に飲み込まれそうな母。あの時もう既に、死に神に魅入られていたのか』

振り返ると、七夕が陽炎の中で揺らめく。

夏夫は、思わず七夕の手を取る。七夕の冷たい手。放すと消え入りそうな玉の緒を、夏夫はしっかりと握りしめる。どこへも行かないでくれ、と心から願う。

不意に、幼子の泣き声が聞こえてくる。とある民家の、縁側の軒下からである。

夏夫は、現実へと連れ戻された。

「手、痛い」

夏夫はいつのまにか、七夕の手を握る手に力が入っていた。七夕は夏夫の手を解く。

「岬から身投げした娘《こ》が、産み落とした子。子供さえ産めば男が戻って来るなんて、根拠のない期待を寄せて……ばかね」

七夕は素気なく呟く。

夏夫は身につまされる。父斉藤の本心はどうであれ、結果として、母由美子は斉藤に捨てられたのだ。

斉藤という名が、夏夫の脳裏に浮かんで、「そういえば……」と、夏夫は昨日から気にかかっていたことを口にする。

「君の兄さんは、なぜ、僕のことを目の敵にするのだろう? いったい、この僕に何の恨みがあるのか……」

七夕も同じように感じているらしい。

「あなたがこの町に来てから、兄の様子が何だかおかしい。兄は、あまり感情を表に出す人ではないし。あなたに対して、あれほど頭ごなしに怒りをぶつけるなんて、普段の兄からは、想像もつかない。あなたたちの間に、何かあったの?」

「僕が、斉藤の息子であることと、何か関係があるのだろうか?」

「斉藤……って?」

「何にも聞かされていないの? 僕の実の父は斉藤という人で、君の兄さんが言うには、君たち家族は、その斉藤からひどい仕打ちを受けたとか……。僕にはまったく見当がつかなくて……」

「そんなことわたしに言われても……。あなたこそ、兄に何かしたんじゃないの?」

夏夫は、どういうわけか、むきになって、七夕に食い下がる。

「それを言うなら、君だって一因じゃないか」

「どうして?」

「僕が君に近づくから」

七夕は困惑する。

「君も言っていたじゃないか。〝わたしに近寄ると、兄に噛みつかれる〟とか。兄さんがいつでも君につきまとって、〝おつむがいかれてる〟とか」

『こんなことを言ったところで、秀樹への単なる誹謗にすぎないではないか。七夕を不愉快にさせるだけなのに』

わかっていながら、夏夫は、自分の発する言葉にあおられて、自分を抑えられない。

「そうやって君に近づく男を排除して、君を束縛しているんじゃないのか? 君をいつまでも自分のそばに留め置くために」

「わかったようなこと言わないで」

「君は、何かと兄さんのことをかばうような言動をするけれど、実は、兄さんから無理強いされているんじゃないのか?」

「兄はそんなひどいことをする人ではない」

「じゃ、君は、この間の小火で〝見た〟と繰り返していたけれど、本当は何を見たのか、言えるはずだろう?」

七夕は、あっけにとられて、二の句が継げない。

「わたしのことを、信じていないの？」

「僕はただ……僕のせいで、君が兄さんから、傷つけられやしないかと……」

七夕の唇が、わずかにふるえる。

「この五年間、たったふたりで、懸命に生きてきたのよ。何も知らないあなたに、そこまで言われる筋合いはない」

七夕は、夏夫から顔を背ける。

すっかり気まずくなって、黙り込むふたり。再びとぼとぼと県道を歩き出す。またしても、幼子の泣き声が聞こえてくる。

しばらくして、七夕が夏夫の方を振り返り、穏やかにこう持ちかける。

「沖に出てみるつもりはない？　明日、兄が仕掛け網を見に、漁場に出るらしいの。一緒に乗せてもらえるよう、今から頼みに行こうと思うの。あなたと兄、ふたりだけでよ」

しばらく海は懲り懲りだと思っていたが、それを聞くなり、夏夫は首を縦に振った。

『秀樹と差し向かいで話ができるなんて、願ってもない機会だ』

＊　＊　＊

このまま直接秀樹のところに、明日、漁船に乗せてもらえるよう頼みに行くと七夕が言うので、夏夫もついて行くことにした。

海岸沿いの県道をしばらく行くと、漁港が見えてくる。

男と女が、何やら言い争っている。秀樹と真智子だ。夏夫はそばへ行くのがはばかられたが、七夕は臆することなく近づいて行く。

「お前には関係ない！」

秀樹がそう言い捨てるのに、真智子は必死で食い下がる。

「関係ないって……あなた、このところおかしいわよ。妹のせいなの？　それとも……」

「いい加減にしろ！」

秀樹は真智子を突き飛ばす。真智子はよろめいて倒れ込む。

見かねた夏夫は、駆け寄って真智子を助け起こす。真智子は唇を噛みしめて、夏夫の手を払いのけると、逃げるようにその場を立ち去ろうとする。夏夫が後を追おうとするも、

「放っておいて！」

と真智子は言い放つと、両手で顔を覆い、民宿へと帰って行く。

気まずい空気が、辺りに漂う。

「何か用か？」

秀樹は悪びれる風もなく、夏夫と七夕を見返す。秀樹のあまりに傍若無人な振る舞いに、夏夫はひと言もの申そうとするが、七夕が夏夫を制する。

「明日、船を出すでしょ。夏夫さんも一緒に沖へ行ってみたいらしいの」

七夕は、抑制のきいた口調でそう告げる。

「お前も懲りない奴だな」

秀樹の顔にかすかな薄笑いが浮かぶのを、夏夫は見逃さなかった。秀樹にも、おそらく夏夫と同じ考えが浮かんだのであろう。差しで話をつけようと。
＊　＊　＊

夏夫は、翌朝、この漁港から秀樹とともに沖へ出る約束を取りつけると、この日は、七夕とはその場で別れた。

夏夫は、急ぎ民宿へと戻る。真智子のことが気懸かりだった。

『秀樹と真智子。ふたりはいったい何についてもめていたのか？　婚約が破談になった件なら、五年前に、とっくに決着がついているはず。今更蒸し返して、あれほどまでの言い争いをする由はない。それに、あの時の真智子の言葉。確か〝妹のせいなの？〟と言っていた。妹とは、七夕のことなのだろうが、七夕と何の関わりがあるというのか？』

民宿に帰り着くと、夏夫は玄関から食堂をのぞいた。食堂には誰もおらず静まりかえっている。夏夫は民宿の裏へ回り込んで、中庭へ入って行く。

中庭の洗い場で、真智子がスカートをまくし上げて、足を洗おうとしていた。真智子は転倒した際に、膝から腿にかけて大きく擦り傷を負ったようだ。上腿を水で洗い流すのに、真智子は難儀していた。

夏夫は真智子のそばへ駆け寄り、真智子の足もとにかがみ込んだ。真智子は夏夫の肩を借りて、ようやく傷を洗い流すことができた。夏夫は真智子を抱え上げ、縁側に座らせる。軒先に干してある晒し布を取って、真智子の濡れた足を拭ってやる。

縁側の板間に横たわる真智子は、まるで手負い鹿のごとく怯えている。しかし、怯えているわけは、無防備な姿をさらしているせいばかりではない。

単刀直入の率直さ故、残酷な切れ味を併せ持つ夏夫。そんな夏夫の口をついて出てくる言葉の刃は、上腿の擦り傷以上に真智子に深傷を負わせるにちがいない。

「同情しないで」

真智子は夏夫を牽制すべく、予防線を張る。

「そんなつもりでは……」

心の内を見透かされたようで、夏夫はぎくりとする。

「ひどいわね。こんなによくしてもらって、ありがとうのひと言も言えないなんて……」

真智子は、悲しげに微笑む。

「聞きたいことは分かっている。さっきの言い争いのことでしょ?」

夏夫は、固唾を呑んで、真智子の次の言葉を待つ。

「秀樹さんは、もともと穏やかで心根の優しい人だった。五年前のことがきっかけで……あの時は、本当にひどかった。毎日のように、秋澤さんの本家にも分家にも、やくざ者が押しかけて来て、もう耐え難かった」

真智子は嗚咽する。

夏夫は、真智子の気分が落ち着き話せるようになるまで、静かに見守る。

「五年前、秋澤家の親族の誰かが多額の債務を抱えてしまって、その取り立てが本家にまで及んだの。代々受け継いできた家や土地、そればかりか漁船まで差し押さえにあって、生業もままならなくなった」

真智子は目頭を押さえ、さらに続ける。

「秋澤のご両親が、七夕ちゃんを養子に出すと言い出した。取り立て屋が持ち込んできた話で、どこかの悪趣味な富豪が、七夕ちゃんを一目見て気に入ったから、大枚払うと。ご両親は相当追いつめられていて、まともな判断ができなくなっていた。目の前の苦しみから逃れたい一心で、承諾してしまった。秀樹さんは、それはもう怒り狂って……」

『事実上の人身売買ではないか』

夏夫は身の毛のよだつ思いがした。

「そして例の海難事故。ご両親は亡くなり、秀樹さんだけが、命からがら助けられた。あの事故のあと、秀樹さんは多額の保険金を手にした。そのおかげで借金も全額返済できたし、七夕ちゃんの養子の話もお流れになって……」

真智子は、にわかに声を落とす。

「ご両親と秀樹さんの三人が真夜中に沖で操業中に、見知らぬ船舶に当て逃げされて……そう証言しているのは秀樹さんのみ。その話が事実かどうか、裏付ける証拠は何もない。だって、秀樹さんはたったひとりの生き残りだもの。本当に当て逃げなんてあったのかしら？　保険金目当てに、事故を装ってわざと漁船を転覆、沈没させたとか……」

真智子が漏らした言葉に、夏夫は愕然とする。

「何だか、秀樹さんにとって都合が良すぎるような……七夕ちゃんを売り飛ばそうとしていたご両親が亡くなったり、保険金で借金がちゃらになったり……」

『秀樹が、実の父母を故意に死なせた？　まさか、そこまでするだろうか？　いや、狂気に囚われていれば、人の道を踏み外すことだって無いとは言えないか』

「秀樹さん、壊れてしまった。心の留め金が外れたままで、もう元には戻らない」

真智子は、またしても声を詰まらせる。

「五年前のことは、あくまで斉藤氏の仕業。でも、秀樹さんにとってはそんな区別はない。直接関与していない夏夫さんにまで憎しみが及んで……。秀樹さんが、夏夫さんに対して取り返しのつかないことをしでかしやしないかと、気が気ではなくて。それで、ついつい秀樹さんに詰め寄ってしまって……」

またしても、秀樹の捨てぜりふが、夏夫の頭の中で繰り返される。

〝お前は、斉藤の息子だろ。斉藤が、俺たち家族にどんな仕打ちをしたか、俺は決して忘れない〟

「五年前のことって……斉藤は、秋澤家にいったい何を？　そのせいで秀樹さんは、僕に恨みを？」

夏夫は、真顔で真智子に尋ねる。

と、突如、真智子のすすり泣く声が止む。真智子は、憮然として夏夫を見返す。その目には、あきらかに懐疑の念が見て取れる。

「あなた、本当に何にも知らないの？」

低く鋭い声が、夏夫の耳に突き刺さる。夏夫は慄然とした。

＊　＊　＊

日が落ちて、ようやく暑さも和らいだ。

民宿の二階、夏夫の客室にも、涼やかな海風が流れて来る。夏夫は寝転がり、腕を枕に、天井を眺めている。

『この間の招提寺の小火騒ぎは、いったい誰の仕業なのだろうか。

七夕が、事件の真相を握っているとするなら……。七夕がしきりに、〝わたし、見たのよ〟と言っていたのは、秀樹を目撃した、ということではないだろうか。小火があった時、秀樹は沖で漁をしていたことになっている。が、その気になれば、そのようなアリバイ工作だって、できないことはない。

漁に出る振りをして一旦沖に出て、そこからこっそり陸に戻る。そして、用意しておいた燃料用のポリタンクを手に、裏山の方から観音堂に回り込んで放火する。犯行後、ポリタンクを墓地に遺棄して、再び沖へ出る。そして、何食わぬ顔で漁港に戻る。

となれば、七夕が草むらに隠した白いポリタンクの件や、秀樹に、〝もう心配ない。誰にも見つからないように、隠してきたから〟とささやいていたことは、七夕が秀樹をかばうための証拠隠し、ということになる。

仮に、秀樹が放火犯としたところで、動機は……？　何の為に、そこまで手の込んだ手段を講じなければならなかったのか？

今日の真智子の話によっておぼろげながら判明してきた、五年前の海難事故と、秋澤夫妻の死の真相。

もしも、真智子が言うように、この海難事故が当て逃げに見せかけた偽装であったとするなら、しかも、秀樹が意図的に漁船を両親もろとも岩礁に沈めたとなれば、これはまさしく間接的な人殺し。神をも恐れぬ所業。そのような凶行に、はたして及ぶことができたのか。

ただし、その背景には、斉藤による秋澤家を陥れるための謀略が、深く関わっていたことは、もはや否みようがない』

まったくあずかり知らなかったこととはいえ、夏夫は、良心がとがめる。

すべては七夕を守るため。秀樹は、この五年間を七夕のために捧げてきた、と言っても過言ではない。真智子との縁談も解消した。生計をたてるため、七夕の学費を稼ぐため、必死で働いてきた。七夕と秀樹の間柄は、血を分けた実の兄妹をもしのぐ、固い絆で結ばれている。

そんなふたりの間に、突如割って入ってきたのが夏夫であった。よりによって斉藤の息子となれば、秀樹の逆鱗に触れるのも至極当然のこと。

秀樹が夏夫に吐いた捨てぜりふが、歌のリフレインのごとく、夏夫の頭の中を何度も何度も繰り返し駆けめぐる。

〝俺は決して忘れない〟

勇猛と粗野が紙一重の、霹靂のごとき秀樹の性情。人の命を救うためなら、危険を承知で果敢に海へ飛び込んで行く。かと思いきや、激昂の末に女を突き飛ばしても平然としている。死をも顧みない勇ましさ。殺気立たんばかりの怒り。そしてなにより、七夕と秀樹がともに紡ぎ織りなしてきたかけがえのない月日。男として、秀樹への畏怖と嫉妬が、夏夫の心の中を大きく占めていくのに、夏夫は脅威を覚える。七夕への想いが募れば募るほど、夏夫の中で、秀樹という怪物《モンスター》が大きくなって、夏夫を凌駕していく。

夏夫は大きなため息をつく。こうして悶々と物思いにふけるのが、ここ何日かの夏夫のお定まりとなっている。

確かに、ひとり静かに考えをめぐらすことは、夏夫の性分と言える。大学の研究室では、ひたすら数式に没頭していた。思考するのは仕事のようなものだから、至極当たり前の日常的なことではあるが。

夏夫の場合、大概、答えとなる結論は予め見えている。その結論に向かって、理路整然と証明を積み上げていくというのが、夏夫の常道である。

しかし、今の心境は、それとは雲泥の差がある。結論どころか、道理の道筋すら見えてこない。欲望、嫉妬、懐疑……これまでに経験したことのない激情が、理性の目を曇らせ、思考の行く手に立ちふさがる。理性という快刀はすっかりなまくらになり、心の中の乱麻を断ち切ることができない。

数学というイデアの世界に比べて、人間界の卑小な由無し事に惑わされる自己の分別のなさに、夏夫は自己嫌悪をおぼえる。それとは裏腹に、悶えれば悶えるほど、却って、自分が生きているということを実感できる。そんな自分が、途轍もなく愛おしく思われる。

人間の機微に触れることなく、無味乾燥な日常をただ漫然と過ごしてきたこれまでの夏夫の人生など、あるいは生きているには値しないのかも知れない。取るに足りない煩悩に惑わされるにしろ何にしろ、今この瞬間生きていることを噛みしめている自分こそが、真に人間らしいと言えるのではないか。

月光が窓越しに夏夫の上肢をかすめる。夏夫は起き上がり、窓から身を乗り出して月明かりを浴びる。夏夫と同様、月明かりを浴びた砂浜が、夜の闇の中、白く浮かび上がっている。

月の悪戯か、夏夫は遣り場のない衝動に駆られる。

『こんな月夜に、秋澤家では七夕と秀樹がふたりきり。そんなことは、無論、今に始まったことではないが。それに引き替え、自分はひとり……。今頃ふたりは何をしているのやら』

嫉妬と妄想が、止め処なく夏夫の脳裏に突き上げてくる。

思わず知らず、夏夫は民宿の階段を駆け下り、玄関を飛び出した。夏夫の足は、躊躇なく秋澤家へと向かっている。月が背中を押すように、道行の跡をつけている。

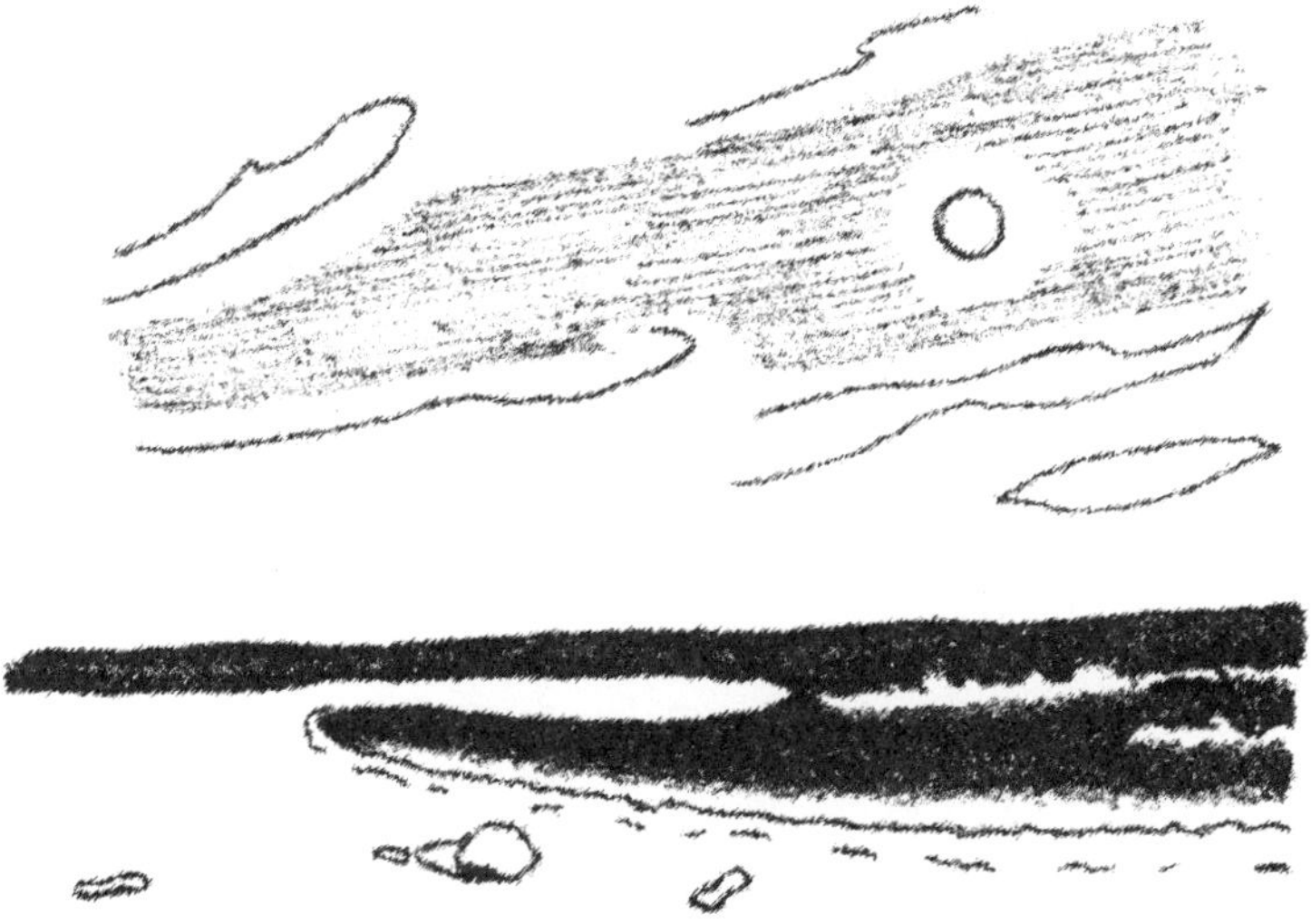

海辺に面した秋澤家。あれほど熱情にかられていた夏夫だが、いざ家を目の前にすると立ちすくんでしまう。

額から汗がにじみ出て来るのを感じ、夏夫はもの凄い勢いで走って来たことに初めて気づく。潮風が、二の足を踏んでいる夏夫の身中から熱を奪ってゆく。

少し頭が冷めてくると、にわかに潮騒が耳につく。

『いったい何をしにここに来たのか？』

無鉄砲な自分に、夏夫は内心あきれる。

詮方なく引き返そうとした矢先、潮騒の単調な音律を破り、戸を叩きつける音が、辺りをつんざく。

突如、秀樹が家から飛び出して来た。

夏夫は、見つかったのでは、と咄嗟に浜葛の中に身を伏せた。

秀樹は、はだけたシャツをそのままに、護岸のコンクリートの坂を一気に駆け下り、砂浜に走り出る。砂に足を取られ跪き、汀に倒れ込む。何事かを叫んでいるが、慟哭の叫びは無情にも潮騒にかき消され、猛り狂う秀樹の影のみが、月明かりに照らされている。

秀樹は砂に両拳を押し当て額衝く。波が彼の髪を攫う。

『何があったのか？　七夕は？』

夏夫は、草木の陰に紛れて秋澤家の母屋に近づく。これでは単なるのぞきではないかと、我ながら情けなくはあるが、この目で確かめたい、という衝動は御し難い。

縁側の開け放たれた引き戸から、夏夫はこっそり中をのぞき見る。

ほの暗く揺れる白熱灯の下、肩からずり落ちたキャミソールの肩紐を直している七夕。気配を察したのか、七夕が引き戸の方へ顔を向ける。白熱灯が揺れるのに同調して、七夕の影も左右に振れる。

夏夫ははっとして身を伏せる。心臓が高鳴り、血が全身を駆けめぐり、体がかっと熱くなる。

『この足で母屋の中まで乗り込んで行って、七夕を連れ出したい』

これほどエゴイスティックな嫉妬を覚えたことはない。煩悩の犬に憑かれて、のたうち回らんばかりだ。

『今すぐ連れ出したところで、どうなる？　こんな真夜中に、どこへ行く？』

夏夫は、いざとなると冷静に考える姑息で小心な自分が、ほとほと嫌になる。

そっと母屋を離れ、夏夫は踵を返した。

＊　＊　＊

夜が明けて間もない漁港は、下ろし立ての潮の香が立ちこめている。

秀樹との約束通り、朝靄のかかる漁港の桟橋で、夏夫は佇んでいた。

昨夜、夏夫はいつ眠ったのかさえ覚えていない。ほとんど眠っていないのかもしれない。目の前の情景同様、夏夫の頭の中は霞がかかったごとく混濁して、夢と現《うつつ》の境界がはっきりしない。昨夜のことはすべて夢で、そして、まだ夢の続きにいるのかもしれない。

仕事道具一式を抱えて、漁師小屋から秀樹が出て来る。粛々と船出の準備をしている秀樹の背中。如何《いか》にも朴訥なこの海の男からは、昨夜のあの激情など想像だに及ばない。

七夕と秀樹、たったふたりで刻んできた時の記憶。ふたりは一つ屋根の下で、どんな思いを抱いて暮らしてきたのか。夏夫とは到底分かち合えるはずもない。

無性に、嫉妬と羨望がかき立てられる。

『もはや兄妹の一線を越えているのではないか。いや、たとえ血のつながりはなくとも仮初めにも兄妹。まさかそこまではあるまい』

露骨な妄想が脳裏をよぎる。振り払おうとすればするほど、妄想はエスカレートしていく。

『七夕のためなら、この男は何でもできるのだろうか。実の親を海の底に置き去りにすることさえ厭わない？　先日の招提寺の小火も、秀樹の仕業か？　何のために？　七夕が観音像にばかり心奪われている故の嫉妬心から？　それではあまりに動機が薄弱過ぎる……』

「早く乗れ」

突然、夏夫の目の前に秀樹が立ちふさがる。

邪推が悟られたのではないかと、夏夫は一瞬たじろぐ。

秀樹に促され、若干および腰で、夏夫は桟橋から漁船に乗り移る。

秀樹は舫綱を解くと、自分も船に乗り込んだ。エンジン音が朝靄の空気をわずかに震わせる。ふたりを乗せた漁船は、静かに護岸を離れていく。

外海に出ると、潮風は清々しく澄み切っている。朝靄が晴れて、周りの景色も徐々に輪郭が明瞭になってくると、夏夫も次第に夢から覚めてくる。

仕掛け網のある漁場に着く。そこは、昨日夏夫たちが潮に流されかけた、そして、秀樹の両親が眠る、岩礁の近くである。

今朝の海は、昨日のそれとはまったく別物に感じられる。

夏夫にとってのこれまでの海は、おおよそ死とは結びつかなかった。ダイビングで溺れかけた昨日の一件以来、夏夫の海に対する印象は一変した。

それは、同じ日に岬にて味わったのと印象を同じくする。切り立つ崖をのぞき込んだ時に味わった、死の淵へと体ごと吸い込まれそうになる、あの魔の瞬間。まさに、生と死とは背中合わせだということを、今日また沖を目の前にし、身を以て感じる。

秀樹は、エンジンを止め、船を停泊させると、仕掛けの点検に取りかかる。黙々と、平素の労働に勤しむ秀樹の姿を、夏夫は船板に座って眺めている。

夏夫と秀樹とは対極をなす人間だ。夏夫が観念の存在であるとするなら、秀樹は存在そのものと言える。

夏夫の本分は、専ら思索することである。生い立ちが浪々の身の上のせいか、かねてより、自分というものが希薄に感じられていた。考えている時だけ、唯一自らの存在を玩味することができた。

それに引き替え、秀樹は、そこに存在していること自体が生きている証である。思うがままに振る舞い、情動をあからさまにぶつけ、思いの丈を吐き出す。その率直さこそが秀樹の真骨頂である。

生きることに対しても、夏夫は専ら受け身である。母の生が失われようとしている時ですらそうであった。どうすることもできない運命だから、あきらめるよりほかないと。時が癒してくれるのを、ひたすら待つばかりであった。

秀樹の場合はどうであろうか。どんなに過酷な現実であろうと、力の限りあらがい、大事な妹を命に代えても守り抜く。自ら運命を切り開く男である。

海の底という奈落で、両親共々息絶えんとする瞬間ですら、生き残るためにぎりぎりの決断を躊躇わず下したであろう。

秀樹の圧倒的な存在を前にしては、夏夫は脆弱で、まるで海の藻屑も同然だった。

うねる波にもまれて船体が揺れる。睡眠不足のせいか、夏夫は軽く眩暈を覚える。

船縁に寄り掛かろうと船板に手をやると、指に何かが刺さる。咄嗟に手を上げると、釣り針が引っ掛かっている。

鋭い針先を無理矢理むしり取ると、傷口が破れて血が出てきた。持て余して秀樹を呼ぼうとするが、これしきのことで仕事の調子を乱すのも躊躇われ、シャツの袖口で血を拭い、釣り針はそのままジーンズの後ろポケットにしまった。

作業が一段落すると、秀樹は、夏夫とは反対側の船縁に腰を突っ掛けて、静かに夏夫と対峙した。

「その血、どうしたんだ？」

夏夫のシャツの袖口に付いた血を、秀樹が気遣う。見ると、思いのほか大きな染みになっていた。

「何でもない、大丈夫です」

そう言って、手の平で袖口を覆い隠すと、夏夫は、差し障りのない話から切り出す。

「昨日は助けてくれてありがとう」

「……」

「それにしても、どうして僕らのクルーザーが岩礁にいるとわかったの？」

秀樹は鼻であしらう。

「自分らで船を仕立ててくる奴らは、大概あそこの岩礁に行くと、相場が決まっている。地元の船頭は、あんな危険な場所には、頼まれたってまず連れて行かない。それでも行きたければ、自分らで船を仕立ててくるよりほかにしようがないからな」

いつになく抑制の利いた秀樹の声。これまでのような挑戦的な態度や、剥き出しの猜疑心は息を潜めている。秀樹の牙城とも言える海の上にいるせいか、順風を受けて悠然と構えている。それが却って、夏夫には不気味に思われる。

秀樹とはうって変わって、夏夫の形勢は不利で、まったくの逆風と言える。まさに、大海に漂う一粟のごとく、荒波に翻弄されるばかりだ。心もとないせいか、夏夫の中の不安や懐疑がますますあおられる。

秀樹はただ黙って、夏夫の出方をうかがっている。

『秀樹は明らかに、自分を目の敵にしている。だからといって、両親が眠る同じ海に、まさかこの汚らわしい敵を沈めたりはしないだろう』

夏夫は自身に言って聞かせる。

沈黙に耐えかねて、夏夫は遠回しに切り出す。

「今年の夏はやたらに暑い。こんな年には、何か不吉なことが起きるような気がする。そういえば、招提寺は百年に一度、火災にあって焼失するらしい。この間だって、小火が起こったことだし」

「言いたいことがあるなら、はっきり言え」

秀樹は一蹴する。

回りくどい遣り口で鎌をかけたところで、通用するような相手ではない。

今度は単刀直入に言ってみる。

「あんたが、寺の観音堂に火をつけたんじゃないかって、僕は思っている」

「俺は、お前の仕業だと思っている」

秀樹は、ほとんど鸚鵡返しに答える。

「僕じゃない。白煙が上がった時、僕は七夕さんと一緒にいた。七夕さんだって、あんたを疑っているはずだ」

「何?」

一瞬、秀樹の顔色が変わる。

「七夕ではなかったのか? とすると……」

と、秀樹がかすかに呟いたのを、夏夫は聞き逃さなかった。

『どうやら秀樹は、七夕を疑っていたらしい。自分以外の人間を疑うということは、その人物は犯人ではない。即ち、秀樹は放火犯ではない、ということなのか? では誰が……?』

秀樹にはぴんと来るものがあったらしく、刹那わずかに唇をゆがめる。

「仮に犯人が俺だとして、なぜそんなことしなければならない?」

「真智子さんが言っていた。あんたは七夕さんのこととなると、何をしでかすか分からないと」

「真智子か。厄介な女だ」

秀樹は大きくため息をつく。

「あんたは、七夕さんが観音像に心奪われて、招提寺に通い詰めるのを快く思っていなかった」

「だからあの寺に火をつけたと? 観音像に妹が魅入られやしないかと心配してか? ……馬鹿馬鹿しい。確かにお前らふたりは粋狂だな。姿形の見えない代物のどこがいいのか、俺には分からん。それに、さっきお前が言った、くそ忌々しい迷信なんぞにも興味はない」

「あんたは、七夕さんに近づく者を目の敵にしている」

「だから、お前を脅すために火つけをしたと？　随分背負《しょ》ってるな。前にも言っただろうが、七夕はお前ごとき不逞の輩など、相手にはしない」

取り付く島のない秀樹の返答。秀樹の顔には、薄ら笑いが浮かんでいる。

夏夫は焦った。こんな押し問答を繰り返していても、一向に埒があかない。もっと核心を衝く答えを引き出さねば。

「七夕さんとあんたは、本当の兄妹ではない」

咄嗟に夏夫の口を衝いて出た言葉に、秀樹の顔から薄ら笑いが消える。

「それがどうした。兄妹に本当も嘘もあるものか」

夏夫は秀樹に揺さぶりをかける。

「当人たちがどう思おうと知ったことではないけれど、ただ客観的に見て、本当に兄妹の範疇に収まる関係なのかな？」

「お前の言い回しは気に入らない」

秀樹は、わざとつっけんどんな物言いをする。

「あんたは、七夕さんのためなら、何だって厭わない」

「妹にしてやれることなら、何でもしてやるつもりだ。それのどこが悪い」

秀樹は、かたくなな態度を崩さない。

「純粋に、妹という理由だけで？　例えば、人殺しでも？」

「何を言っているんだ、馬鹿馬鹿しい」

秀樹は鼻であしらう。夏夫はかまわず続ける。

「五年前の不幸な海難事故。あれは、本当に事故だったのか？」

秀樹は絶句し、狼狽を隠せない。

「あんたが一番恐れていることは、七夕さんが、あんたのもとから離れて行くことではないのか？」

「そうさ、それがどうした。人間、誰でも修羅場に直面すれば、己の本懐を知るものだ」

秀樹は、吐き捨てるように言い放つ。秀樹の全身からは怒りの炎がほとばしる。夏夫は気を呑まれた。

「あんたのご両親は、自分たちが助かりたいばかりに、七夕さんを手放そうとした。それであんたは、ご両親を……」

そう夏夫が言いかけたところで、一瞬にして、秀樹の体表から烈火が退いていった。秀樹の激情は、灼熱の劫火から、一挙に極寒の氷雪へと一変した。

「それで、俺が親父とお袋を殺した、と言うのか？」

秀樹の、静かに落ち着き払った声が、低く鋭く夏夫の耳に突き刺さる。

「違うね。親父とお袋は、斉藤に、お前の親父に殺されたんだ」

ふたりの間に緊張が走る。

突如、秀樹がすっくと立ち上がる。夏夫は体をびくりと強張らせる。秀樹は夏夫の方へと向かって来る。

と、思いきや、素気なく目の前をかすめると、船のエンジンをかけに行く。

エンジン音が張りつめた空気を解きほぐしていく。

漁船は静かに帰港の途に就く。夏夫はいくばくかほっとした。

＊　＊　＊

昼下がりの招提寺に、読経の声が響く。

小火騒ぎがあって金堂に難を逃れていた秘仏の観音像に、もとの観音堂へお帰りいただくための法要が、境内で営まれていた。

集ったのはほんの数人。地元の敬老会のご老体、および婦人会の役員幾人かと、役場の職員、隣町の寺から助っ人に訪れた若い僧侶たち数人、それに夏夫と七夕のふたり。檀那寺の行事といえども、昼間から檀家に集ってもらうことなど期待できるわけもなく、境内は閑散としていた。夏夫と七夕は、人の群れから少し外れて、粛々と執り行われていく儀式を観望していた。

夏夫は、昨日までのことを反芻する。

『招提寺の観音堂に火をつけたのは、いったい誰だったのか。その動機は？』

本星と目される秀樹についてだが、今朝の船上での口ぶりからして、犯人であるという確信が揺らいできた。いずれにせよ、秀樹にはこれといった動機がない。

『秀樹が放火犯でないとするなら、出火当時一緒だった七夕は除くとして、では誰が……？何の目的で？』

夏夫のわだかまりは、小火の一件に留まらない。

五年前、秋澤夫妻が犠牲となった海難事故。その事故と夏夫には、どのような関わりがあるのか。

それを知っているのが、秀樹と真智子である。ふたりは異口同音に、夫妻の悲劇は、夏夫の父、斉藤のたくらみによってもたらされたのだ、斉藤こそがすべての悪の根源だ、と夏夫に告げた。夏夫は、そんな事情があったとは露も知らなかった。

にもかかわらず、夏夫の態度は、しらばくれているものと曲解され、猜疑の目を向けられた。いわれのないそしりではあるが、夏夫は、甘んじて受けるよりほかなかった。

それにしても、あの斉藤が、秋澤家に対しかくも非道な仕打ちをしたとは、にわかには信じ難い。事実であったにせよ、斉藤なりに、やむにやまれぬ理由があったにちがいない。夏夫はそう信じたい。

ただ、七夕は、五年前の件で被害をこうむったうちのひとりであるが、斉藤がこの件に関わっていることはおろか、そもそも斉藤の存在すら知らない。そのことが、夏夫にとっては唯一救いのように思われた。

住職の立ち会いの下、観音様の観音堂へのお帰りが始まる。白い布に厳重に覆われた観音像が、若い僧侶たちによって、所々焦げ痕の残る観音堂に後生大事に運び込まれる。あの小火からまだ数日しか経っていないというのに、劫《こう》を経たように感じられる。

金堂での仮安置の際に、ひょっとすると観音様のご尊顔を拝する機会に巡り合うこともあろうか、と思われたが、残念ながらとうとうその機会は訪れなかった。

瞳を伏せる七夕の横顔。火事場の混乱の中、一陣の風に乗じ、ほんの刹那のぞき見た観音様の御姿に思いを馳せているのだろうか。木漏れ日を浴びる七夕の頬は、抜けるように蒼白い。杜から境内へと漏れ出《い》ずる草いきれに、夏夫は噎《むせ》ぶ。睡眠不足と船出の疲れとが相まってか、夏夫は次第に気が遠退いていく。色々と考えあぐねるのが億劫になってきて、虚ろな目を閉じると、陽光がまぶたの中を巡り、目の前が真っ白になる。

目を閉じているはずなのに、すべてが白日の下にさらされ、鮮明に浮かび上がる。

観音堂が見える。先程まで集っていた人々の姿は、どこにも見当たらない。僧侶たちの朗々たる諷経《ふぎん》が聞こえるだけで、まるで人の気配が感じられない。

観音堂の前に、逆光を浴びた女のシルエット。どういう訳か、女の姿は、まるで実体が無いかのごとく、影のみが揺らめいている。

いったい誰なのか。確かめたくて、夏夫は影に歩み寄ろうとするが、拘束衣に押し込められているかのごとく、思うように一歩が踏み出せない。

ふと、全身を見ると、夏夫の体は十歳の少年のものとなっている。次に、顔を上げて前を見ると、亡くなったはずの母が、そこに佇んでいるではないか。

母の腕をつかまえようと、夏夫は懸命に手を伸ばす。と、夏夫の手に桔梗の花束が当たって、花びらが弾け散る。桔梗の花弁が眩《まぶ》しい光の中、渦を巻きながら四方八方に舞い散る。花びらの渦に呑み込まれ、母の姿はとけて消え失せた。かわって、七夕が花弁の嵐に包まれている。走馬灯のように、目まぐるしく情景が移り変わっていく有様に夏夫が戸惑っていると、頬に何だか小さな塊がぶつかる。

「雨……」

七夕の声に夏夫はまぶたを開けた。と、本物の太陽の光と共に、大粒の雨が天から降り注いでくる。

突然のにわか雨に、境内に集まった人々は右往左往し、取るもの取りあえず、皆三々五々退散していく。

夏夫がどこか雨を避ける所はないかと辺りを見回していると、七夕と目が合う。七夕は夏夫に微笑みかけると、両腕を開いて天を仰ぎ、肢体を雨に預けてゆっくりと回る。雨粒が陽光に照らされて、花弁のように七夕の体を包み込む。

現と白日夢とが混ざり合い、気分が解き放たれていく。夏夫も雨を避けることをあきらめ、体を濡れるに任せる。すると、心のわだかまりも、この雨同様取るに足らないことのように思われてくる。

夏夫は妙に心が浮き立ち、幼い少年のごとく、七夕の周りを軽く跳ねながら、雨と戯れる。

通り雨は、じきに止んだ。雨が、却って湿気をぬぐい去り、からりと心地よい風が、境内から杜へと駆け抜けていく。

金堂の軒先からは、わずかに雨の滴がしたたっている。鵲が羽を広げて舞い降りた格好の金堂の大屋根の下、抱《いだ》かれた七夕と夏夫の二羽の雛は睦《むつ》び合っていた。

ふたりの着衣は概ね乾いている。心はすっかり解き放たれ、ふたりの間を遮るものは、もはや何もない。

＊　＊　＊

が、夏夫は一抹の不安を覚える。

夏夫は、自分のことを話したくてたまらないし、七夕のことも、もっと知りたいと思っている。一方、七夕はといえば、自身のことを一言も語ろうとしないし、夏夫のことについても、何事も尋ねたりしない。

夏夫と七夕とは似たもの同士。境遇を分かち合いたいと願っても、意思の疎通は常に夏夫の方から。七夕へは一方通行でしかない。夏夫の意思は、七夕にちゃんと受け止められているのだろうか。ことによっては、そのまま七夕を透過しているのではないか。夏夫には、心もとなく思われてならない。

夏夫は、なるだけ七夕に浸透するよう心がけ、語りかける。

「十歳の頃、母と最後にこの寺を訪れた。そして、観音堂の前で母の病気が治るように祈った。ほどなくして、母は亡くなった。あれから十年以上たった今でも、母の面影と観音様の姿とが重なって見える気がする。この地を再び訪れたのも、あの時の記憶を呼び起こしたかったからかもしれない。君はどうなの？　どうしてこの観音像に惹かれるの？」

　七夕はあっさりと答える。

「好きだから。好きであることに、理由が要る？」

「きっかけくらいはあっただろう？」

「父から受け継いだ愚かな性分のせいかしら」

　七夕は、まるで人ごとのように、嘲笑気味に小首を傾げる。

「父は売れない絵描きだった。頑固なうえ不器用で、他の生業に徹することもできず、貧乏暮らしに甘んじていた。人の噂で、この地に素晴らしい観音像があると聞きつけやって来た。秘仏だとは露も知らずに。幾度となく通い詰めても、拝顔できるはずもなく、とうとう病に倒れて死んでしまった」

　七夕の瞳は、はるか彼方を見晴るかしている。七夕の口から初めて語られた、幼い頃の記憶だった。

「見られないと分かると、余計に見たくなる。それが呪縛となって、ここから離れられなくなる。これで納得してもらえた？」

　七夕の言葉を聞いて、夏夫は得心した。

七夕は、自分のこれまでの生き方にも、勿論、夏夫の生い立ちにも、おおよそ興味がない。要するに、七夕には過去のことなど、与り知らないことなのだ。七夕にとって、生きている証とは、過去でも未来でもなく、今、この刹那、それしかないのだ。

過去を切り捨て、将来についても敢えて考えない。そうでもしなければ、正気を保って、今まで生きては来られなかったのかもしれない。夏夫も、斉藤の庇護のもと、帯広家に引き取られるまでは、そうであった。

明日をもしれぬ生活の中では、過去に囚われていたのでは、身動きがとれなくなる。将来のことを思うと、あまりの多難に絶望してしまう。

今しか生きない。それが七夕の生き抜くための手立てであり、信条でもあるのだ。

「ねえ、ふたりで観音像を見てみない？」

冗談だろうと、夏夫は笑って七夕を見返す。

七夕の口元は微笑んでいるが、瞳の奥には、狂おしいほどの執着心が秘められている。

「今なら誰もいない。チャンスは今しかないかも」

「それはちょっと……まずいよ」

夏夫は、いくばくか恐ろしさを覚える。

「随分悠長ね。この身だって、明日にはどうなっているか分からない。死んでこの世にはいなくなっているかも……」

この七夕の言葉が、後になってどれほど重みを増してくるのか、その時の夏夫には知る由もない。

「観音堂の鍵なんて、どこにあるのか分からないし……となれば、鉈で門を壊さなければならないし……そんなことできっこないし……」

夏夫は何とかなだめようとする。

「代わりといっては何だけれど、収蔵庫をのぞいてみないか。あそこなら、鍵のありかも分かるし、観音様に匹敵するくらいの価値があることは請け合うよ」

夏夫は、わざと勢いよく立ち上がると、七夕の手を取る。

「意気地なし……」

七夕がそう呟いたように聞こえたが、夏夫はかまわず七夕を収蔵庫へと連れて行く。

*　*　*

鈍い音がして、収蔵庫の扉が開けられる。夏夫は以前、住職に中を案内してもらっていたこともあり、納められている品は大体把握しているつもりだ。

あまり人が足を踏み入れていないので、そこかしこに厚く積もった埃が、突然の訪問者で、にわかに沸き立つ。土蔵の小さな明かり取りの窓から、薄く明かりが差し込んでいる。その仄明かりに照らされて、巻き上げられた塵芥が、コロイド状に浮かび上がる。

たとえ、巌《いわお》のごとき命なき器物であろうとも、百年もの年月を経ると、人々の情念が蓄積され、やがて、付喪神《つくもがみ》のごとき精霊が宿る、などといわれるが、ここにある品々は、まさにそうした雰囲気を漂わせている。蔵の中は、神ともつかぬ精霊たちで、充ち満ちている。

夏夫と七夕は、それぞれ目に留まった品を、片端から見繕っては、埃を払っていく。聞きしにまさる逸品揃いだった。

ここらの港は、その昔、北前船をはじめとする海運業で栄えていた。そうした北陸の栄華の歴史を、これら数々の品が物語っている。

ふたりとも夢中になって、あれやこれやと見て回った。気づいたときには、あれほど舞い立っていた粉塵もほとんど見えなくなるほど、蔵の中は暗くなっていた。

人の感覚とは不思議なもので、徐々に暗さに慣らされていくと、目が明暗の区別を感じられなくなる。おそらく、周囲の状況に感化されて、感覚器が不随意的にその場の環境に順応してしまうためであろう。

ただ、五感が周囲に感化されて鈍ってしまうのとは逆に、第六感というべき感覚が、際だって研ぎ澄まされてくる。もはや見えないはずの照度にもかかわらず、却って、はっきりと事物の輪郭をつかむことができるのは、この感覚のおかげだろうか。

ふと、夏夫の目の前に、七夕の背中が飛び込んでくる。丸みを帯びた曲線が艶やかに浮かび上がる。思わず夏夫は、七夕を後ろから抱きしめようとする。七夕はすんでのところで、夏夫の腕を逃れる。七夕の感覚も、夏夫と同じく研ぎ澄まされており、背後から迫る夏夫の気配を敏感に感じ取っていた。

七夕は夏夫の胸にすっと腕を差し伸ばし、それ以上夏夫を近づかせない。

「見られてる……」

七夕の囁く声が、蔵の中の空気を震わせる。精霊たちが、七夕の声に色めき立つ。夏夫もそれらの気配を察し、急に気恥ずかしくなる。

「出ようか……」

ふたりは、収蔵庫を後にした。

＊　＊　＊

招提寺の境内から、海岸沿いの県道へと下りていく緩やかな坂道。上ったばかりの月をたよりに、夏夫と七夕は、杜を抜け、墓地の脇を通り、坂を下っていく。夏夫は七夕の手を離さぬよう、しっかりと指と指とを絡ませている。

いつぞや同様、杜から張り出した木々が月明かりを浴びて、ふたりの道行を導く。

途中墓地のすぐ脇を通り過ぎたが、そこに久瀬家の墓があろうとも、母と祖母がそこで眠っていようとも、その時の夏夫には、まったく気にも留まらなかった。

下り坂の中程、海岸沿いの県道を目前に視界の開けたところで、七夕が海の方向を指さす。

沖合では、操業中の漁船の灯りが、水面を転がる光の滴のごとく、煌々《こうこう》と灯っている。

「烏賊釣り船。兄もあのどれかに乗船しているはず」

秀樹は、明け方まで陸には戻らないらしい。

もはや、夏夫と七夕を妨げるものは何もない。ふたりは海岸沿いの県道に出ると、月明かりに照らされる夜の海を後目に、漁港までゆっくりと歩いていく。

桟橋のたもとに、漁師小屋がぽつんとあらわれた。ふたりの足は、自ずと小屋の方へと向く。

そっと小屋の扉を開ける。潮の香が濃く澱んでいて、噎せ返るほど湿っぽい。中へ入って扉を閉める。月明かりが遮られ、一瞬目の前が暗くなったが、すぐに目が慣れてくる。

夏夫の足下に、灯油の入った白いポリタンクが置いてある。夏夫は、もしや……と思うが、それも束の間。ポリタンクは七夕の足で隠される。

七夕が、魅惑的な瞳で夏夫の目をじっと見つめる。

壁板の隙間から、月光がわずかに漏れ差す。その光の帯が、七夕の首筋から胸元へとなめるように曲線を描く。光の帯に沿って、七夕の滑らかな肌がひときわ白く輝く。

ふと、昨晩、秋澤家で目の当たりにした光景が、夏夫の脳裏によみがえる。

秀樹もこの白い肌を間近にしたのか。体の奥底から沸き上がる狂熱。本能に衝き動かされるまま、夏夫は七夕を抱き寄せる。縺れ絡み合うふたりの四肢。

夏夫が七夕の胸元に顔を埋めようとした瞬間、七夕がはっと目を大きく見開いた。

夏夫は後ろを振り返る間もなく、後頭部に強烈な一撃を喰らう。焼き鏝《ごて》を押し当てられたかのような激痛が走り、ぷつんと頭の回路が遮断された。

夏夫はそれっきり正体を失った。

＊　　＊　　＊

猛烈な時化を押して、一隻の漁船が、沖へと向かっている。夏夫たちが危うく流れに巻き込まれそうになった、例の岩礁へとまっしぐらに突き進む。

白波を背に、舳《みよし》に秀樹が両腕を広げて立っている。

夏夫は声の限り叫ぶ。

「やはり、あんたがやったんだな！」

秀樹は冷やかに笑う。

「違うね。すべてはお前の親父の目論見だ」

船底が岩礁に衝突し、船全体に激震が走る。

秀樹が、背中から反り返って、舳先《へさき》から海面へと転落していく。夏夫も海へ放り出される。海の底、彼方へと沈みゆく秀樹の肢体。大きく見開いた目が、夏夫を凝視して離さない。夏夫の視界が朦朧としてくる。頭重がして目を開けていられない。

『夢を見ていたのか……』

夏夫が目を閉じて、ごろりと横向きに転がると、視界が開けた。

頭がぼんやりして、後頭部がずきずき痛む。

『さっき頭を殴られて……気を失っていたのか』

体を動かそうとするが、まったく動けない。夏夫は後ろ手に縛り上げられ、猿ぐつわを噛まされたうえ、横倒しにされていた。

薄暗がりの中、足音にともなって、床板がきしむ音がする。辺りに油臭い匂いが充満している。

男とおぼしき影が、夏夫の目の前をかすめる。男は、先程漁師小屋で見かけた白いポリタンクで、液体らしきものをまいている。夏夫のシャツも濡れる。灯油だ。

『どうするつもりなのか？』

夏夫は体をばたつかせるも、どうがんばっても動けない。

男がライターの火をともす。男の顔が、炎に照らし出される。

『秀樹だ！　俺を殺すつもりか？』

秀樹は蝋燭に灯をともすと、夏夫から最も離れた床に、蝋燭を立てる。そして、床から鉈を拾い上げた。小火の時に、観音堂の錠を壊すために使ったのと、同じものだ。

秀樹は、鉈を肩に担ぐと、夏夫の方へ、つかつかと近づいてくる。

『やられる！』

秀樹が、夏夫目がけて、鉈を振り下ろす、と思いきや、夏夫のそばに転がっている、空になったポリタンクを拾い上げた。

扉のきしむ音がして、秀樹は出て行く。

また再び、扉の閉まる音がして、外からは完全に閉鎖された。

『悪い冗談にちがいない』

夏夫は声を出して笑おうとするが、猿ぐつわが邪魔して、声を出せない。またしても体をばたつかせるが、床板がきしんで、火のついた蝋燭が倒れそうになる。夏夫は慌てて身を縮ませる。

『秀樹は本気で俺のことを……』

とにかく冷静になろうと、夏夫は辺りを見回す。

『ここはどこなのか?』

夏夫は足先の方を見上げた。

『もしや、観音堂なのでは』

すらりと佇む像の影。観音像である。

『これが、人心を惑わすという観音様のお姿……』

蝋燭の小さな炎のもと、おぼろげに浮かび上がる観音像。その姿は、清澄にして秀麗。少年の頃、母の面影になぞらえた観音様。夏夫は我を忘れて見入ってしまう。頭の上からつま先まで、すべてにおいて完璧な調和が保たれており、宇宙そのもの。思わず吸い寄せられてしまう。ひとたびこの魅惑の虜となると、ふたたび離れることは敵わない。七夕がこの罠にかかって、逃れられなくなるのも無理はない。

『いかん、こうしてはいられない。とにかく、体をしめつけているロープを、何とかしなければ。でないと、観音様もろとも焼け死ぬよりほかない』

首筋に脂汗が滴る。夏夫はふとシャツに付いた血の跡を目にした。

『そうだ』

夏夫は、ジーンズの後ろポケットにしまった釣り針を思い出す。

『こんなもので、どうにかなるとでも言うのか』

三流の推理小説よりひどい成り行きに、己《おのれ》が笑止い。それでも夏夫は必死になって、ロープを削り始める。何度も自分の指を引っ掻いて傷だらけになろうとも、痛みなど感じている余裕はない。

焦る気持ちを抑えようと、観音様を縋《すが》るように見つめる。

『この間は、僕が観音様をお助けしたのだから、今度は、観音様が僕を助けてください』

蝋燭が三分の二ほど減ったところで、ようやくロープの一部が切れた。夏夫は無我夢中で、ロープから逃れようともがく。が、シューズが引っ掛かって足が抜けない。夏夫はシューズを脱ぎ捨て、ようやくロープを外し、猿ぐつわを解いた。そして、蝋燭のそばへ躙《にじ》り寄り、炎を吹き消そうとする。

と、その時、夏夫に魔羅《まら》が耳打ちする。

〝炎はそのままにしておいて、観音像を観音堂もろとも燃してしまえばいい〟

そうすれば、夏夫も七夕も、観音像の呪縛から解き放たれる。

『七夕とふたりで、どこか遠いところへ行こう』

夏夫は観音像を見上げる。先程まで、縋らんばかりに見つめていた御顔。夏夫の腹の内を知ってか知らずか、微笑をたたえている。

『これ以上見つめていては、魅入られてしまう』

後ろめたい気持ちと、思いを断ち切る決意とが相まって、夏夫は観音像に背を向ける。

この時の邪心が、後に悔やんでも悔やみきれない結果をもたらすとは、夏夫は想像だにしなかった。

夏夫は外に出ようと、渾身の力で以て扉に体当たりした。が、予想に反して、扉はさほど堅固には閉じられていなかった。夏夫は勢い余って観音堂から飛び出し、地面に転げ落ちた。振り返って扉を見ると、錠がたたき壊されていた。おそらく、さっき秀樹が持って出た鉈で壊されたのであろう。

蝋燭の炎をそのままに、夏夫は観音堂を後にした。

＊　＊　＊

有り明けの月を頼りに、招提寺の裏山の小道を、海岸沿いの県道に向かって、夏夫は裸足で駆け下りる。

『七夕を迎えに行かなければ』

夏夫の頭の中にあるのは、ただその一念のみ。

足がもつれて転びそうになろうが、かまってなどいられない。一路、漁師小屋を目指す。全力疾走してきたので、小屋に辿り着いた時には、膝が抜けていた。

やっとのことで扉に手をかける。と、がたんと扉がずれ落ちる。見ると、取っ手の方には外側から錠が掛けられており、取っ手とは反対側の蝶番が、朽ち木ごと外されていた。

夏夫は、扉を押し広げて小屋の中へ入る。目を凝らして中を隈無く見回す。たしか、そこにあったはずの白いポリタンクが無くなっている。

振り解かれたロープの残骸がある。しばらくこの小屋でおとなしくしているよう、秀樹が七夕をロープで拘束していたのかもしれない。

『七夕は自力で逃げ出したのだろうか。だとすれば、七夕は今どこに？　自宅に戻っているだろうか』

夏夫は漁師小屋から飛び出すと、一目散に秋澤家へと駆け出す。東の空がわずかに白みはじめている。夜明けも近い。

途中、招提寺に急ぎ向かってくる真智子とばったりと、鉢合わせになる。

「どうして？」

真智子は幻影でも見るかのごとく、夏夫を見つめる。

真智子は招提寺の方を指さす。招提寺からは、白煙が濛々と立ち上っている。

が、夏夫の方は、真智子のことなどまるで眼中にない。夏夫は秋澤家へと直走る。

夏夫は秋澤家の母屋に着くと、勝手口から土間へとなだれ込む。

土間には空になった白いポリタンクが、無造作に転がっている。

中庭から、秀樹が土間に入って来る。

「お前……なぜ?」

秀樹も、一瞬幻でも見たかのような表情になる。が、すぐに、つかみかからんばかりの勢いで、夏夫に食って掛かった。

「どうやってここに来た!」

夏夫も荒い息遣いの中、必死に声を張り上げる。

「七夕は今どこに?」

「漁師小屋に……いないのか?」

秀樹に却って聞き返され、夏夫は血の気が引いていく。

「どういうことだ?」

秀樹の顔色も真っ青になっている。

「まさか……」

七夕は、招提寺に向かったにちがいない。

夏夫は秋澤家を飛び出すと、招提寺へと走り出していた。

東の空が白んでくるのと入れちがいに、夜の闇が地の底へと退《しりぞ》いていく。引き潮が汀の砂を攫うかのごとく、闇が退《ひ》き際に、何かを攫っていく。

『七夕……』

夏夫は、招提寺へと続く裏山の坂道を駆け上る。

『もはや無力な少年ではない。今の自分なら、運命を変えられるはず』

夏夫は、そう自身に言い聞かせる。

墓地の脇道を通り、杜を抜け、境内に足を踏み入れるやいなや、夏夫は愕然とする。

境内には煙が濛々と立ちこめ、一寸先すら見えない。煙を打ち払いながら、夏夫は観音堂へと突き進む。

観音堂は炎に包まれつつある。中で人影がうごめいている。

「七夕！」

夏夫は観音堂の中へと飛び込もうとするが、炎が塀のごとく立ちふさがり、夏夫を一歩たりとも寄せつけない。

「早く出て来るんだ！」

夏夫は声の限り叫ぶ。

と、怒号をたてて、観音堂の梁が崩れ落ちた。

夏夫の中でも、何かが音をたてて崩れた。夏夫は精根尽き果てて、その場にへたり込んだ。

境内に真智子が入って来る。

「秀樹さん？　いるんでしょ？」

煙に噎せ返りながら、真智子は観音堂の方へと歩み寄る。

真智子は、観音堂の前で茫然自失となっている夏夫の肩を揺する。

「秀樹さんは?　どこへ行ったの?」

夏夫は、凍りついて動けなかった。

遠くで消防車のサイレンの音がする。

真智子はふらりと境内を出て行った。

流転

火災は、消防士による懸命の消火活動で鎮火にいたった。前日、夕立があったこともあり、招提寺伽藍は全焼を免れた。

しかしながら、観音堂は無残にも焼け落ちた。焼け跡からは、通称秋澤七夕という、身元不詳の若い女の焼死体が発見された。

観音像は、濡らされた白い布に覆われていたため、例によって無傷であった。おそらく、七夕が観音像を護るために掛けたのであろう。地元の人々は、身を挺して災禍から観音様をお守りしたのだと、七夕を称え、悲劇的な最期を哀れんだ。

一方で、招提寺に伝承されている曰く、即ち、百年ごとにこの寺では火災が起こり、人一人の命と引き替えに観音像が無傷で助かる、という例の伝承のことであるが、それが因縁通り現実のものとなり、内心恐れ慄《おのの》いている者が少なくなかったのも事実である。

その後の警察の捜査により、焼け跡から、ロープと夏夫のシューズの燃え残り、時限発火するよう仕掛けられた蝋燭の痕跡などが発見された。こうした状況証拠から、夏夫に放火殺人の容疑が掛けられた。

検察によると、七夕を縛り上げた上で放火した、とのことだ。さらに、火災と相前後して、招提寺付近で夏夫を見かけた、という真智子の目撃証言が、これら状況証拠を裏付ける決め手となっている。

一度目の招提寺小火騒ぎに関しても、夏夫に余罪の嫌疑が掛けられた。

この小火は、夏夫による愉快犯的放火であったとされた。夏夫は、自ら火を放っておきながら、消火活動に率先して携わり、すっかり英雄に祭り上げられた。それに味を占めて、更に犯行をエスカレートさせ、二度目の放火に及んだ、というのが検察の見解である。

ところで、招提寺放火殺人事件の直後から、行方知れずになっている秀樹について。

火事場に押しかけた野次馬の幾人かが、秀樹が人波をかき分けて、ひとり人の流れとは逆走しているのを目撃していた。おそらく岬へ向かったのではないか、と彼らは言う。

「何を血迷ったのか、あの時、蝋燭の炎を消さなかった。あの時、消してさえいればこんなことには……」

夏夫は拳を握りしめる。

「裕美子さん、七夕にとって、わたしは何だったのでしょう。ただの通りすがり？　七夕の心はいつも観音様にあって、そもそもわたしなど眼中にはなかった」

夏夫は大きく息をつく。

「時空にとっても、わたしはほんの通りすがりでしかなかった」

夏夫は、仰ぐように空を見つめる。

「百年前の招提寺の火災。二十数年前の、斉藤と母の出会いと別れ。十数年前の母との死別。五年前の斉藤と秋澤家との確執。この度は、わたしがこの地へ導かれ、七夕と出会った。最後には、火災事件に遭遇し、七夕を喪った」

と、夏夫は、渡辺の目をまっすぐ見つめながら言った。

「こうして、百年ごとの招提寺炎上は、ものの見事に再現され、伝承は生き続ける。すべては、一見偶然の集まりのように見えて、結果として繋がっていた」

最後に、夏夫は事の顚末を次のように締めくくった。

「自身の人生に不確定要素を与えるだの、不確定要素の現象的存在だのと、大それた理論を打ち立てたところで、結局、わたしは刹那的なものの見方しかできていなかった。人智の及ばぬ次元で、時は巡っているということです」

＊　＊　＊

夏夫の告白によって、招提寺放火殺人事件の全貌が見えつつあった。

なにより、夏夫の口から無実であることをはっきり聞き出せたことは、渡辺にとって大きな成果である。これから公判にのぞむに当たって、確信を持って夏夫の無罪を主張できる。渡辺の中で、着々と戦闘態勢が整いつつあった。

『今日までに明らかになった事実を、斉藤氏に報告しなければ。いや、その前に、斉藤氏には是非ともやっておいてもらいたいことがある……。斉藤氏自身の口から、直接夏夫に真実を告げてもらわねば』

このことは、裁判のためばかりではない。斉藤と夏夫、親子ふたりの将来に禍根を残さないためにも、避けては通れない試練である。

五年前の斉藤の企み。復讐などという大それた謀《はかりごと》の代償は大きかったことを、斉藤には自覚してもらいたい。夏夫に真摯に向き合うことで、亡き由美子に対して、本当の意味での贖罪をしてほしい。渡辺はそう願ってやまない。

ところで、五年前の件と言えば、例の海難事故と、秋澤夫妻の死の真相について。

海難事故は、本当に、見知らぬ船舶による当て逃げだったのか、それとも、秀樹による保険金目当ての意図的に仕組まれた偽装だったのか。夫妻の死は、致し方のない悲劇だったのか、それとも、秀樹によって故意に見殺しにされたのか。

秀樹なき今、事故の全容を明らかにすることは、事実上不可能となった。真相は海の底に、謎として残された。

本件とは直接関わりはないものの、渡辺にとっていささか心残りではある。

＊　＊　＊

渡辺は、今一度北陸の地を訪れていた。渡辺には、たって確かめたいことが最後に残っていた。

海岸縁は鱗雲に覆われ、海は秋の日差しを浴びて、煌めいている。

遠くの汀を、真智子とおぼしき女が歩いている。渡辺は砂浜へと下りてゆく。

真智子は汀を目で追っていたが、ふと顔を上げた。目の前に渡辺が立っている。

「お久しぶりです。まだ何か?」

「帯広夏夫は無罪です。わたしが立証します。一度目の招提寺小火騒ぎについて、おうかがいしたいのです」

渡辺は単刀直入に切り出す。

「本当は、あなたが起こしたのではないですか？ あなたは漁師小屋から燃料用のポリタンクを持ち出し、人目に付かないよう招提寺の裏山から観音堂に忍びより、火をつけた。犯行後、逃亡途中でポリタンクを遺棄した。放火直後、あなたは、観音堂から立ち去るところを七夕さんに見られていた。あなたはそのことに気づかなかったようだけれど。七夕さんは証拠隠滅を図ろうと、現場付近で見つけたポリタンクを、墓地まで運び隠した。七夕さんは小火騒ぎの前後、夏夫さんに、しきりに〝見た〟と言っていた。真智子さん、それはあなたのことだったのでは?」

渡辺はさらにたたみかける。

「夏夫さんは、小火騒ぎを、秋澤秀樹さんの仕業だと考えていた。秀樹さんは、観音像に執心していた妹の七夕さんが、思いあまって火をつけたのだと信じていた。ところが、実は七夕さんだけが、小火騒ぎの真相を知っていた。しかし、秀樹さんの手前、事実を明かすことなく胸の内に伏せていた」

渡辺は、事件の核心に触れる。

「この小火騒ぎこそがすべての始まりだと、わたしは考えています。斉藤氏の息子帯広夏夫がこの地へ来た時、秀樹さんが、夏夫さんへの復讐の機をうかがっていることに、あなたは勘づいた。秀樹さんが、いつ夏夫さんを手に掛けやしないかと、あなたは気が気でなかった。そこで、招提寺にまつわる曰くを利用しようと画策した。ほんの少し脅かして、夏夫さんに二度とこの地に足を踏み入れさせないようにできれば、それで用は足りた。ところが、事態は思惑違いの方向へ……小火騒ぎというほんの小さな火種が、却って本物の大火を招いてしまった。そうではないですか？」

真智子は、渡辺の言うことに、ただ耳を傾けている。

「二度目の火災に関しても、あなたは、犯行が行われることを、あらかじめ予期していたのでは？　つまり、秀樹さんが、夏夫さんもろとも観音堂を燃してしまおうと企んでいたことを、あなたは承知していた。でなければ、あんなところで、あのタイミングで、あなたが事件を目撃していたなんて、偶然にしてはできすぎではないですか？　わかっていながら黙って傍観していた。いいえ、それはちょっと言い過ぎね。もはや、止めようがなかった、と言うべきかしら」

渡辺の言葉に、真智子が動揺する気配など微塵もなかった。

「おかしな人。結末が分かっているのに……ドラマの途中の展開を知りたがるなんて」

真智子の泰然たる様子が、渡辺にはまったく不可解でならなかった。

「最初からこうなるよう、運命づけられていたのかも」

真智子は微笑みを浮かべる。

「招提寺を襲う百年に一度の火災。七夕ちゃんは生け贄となったことで、人々の記憶に永遠に刻まれ、伝承に新たな頁《ページ》が加わった。秀樹さんは、手筈が狂ったことによって、七夕ちゃんを喪ってしまった。そして、失意のあまり姿を消した。図らずも、自らの失踪によって、復讐の応酬劇に幕を引いた。あの人らしい潔《いさぎよ》い決着のつけ方。夏夫さんは、気の毒にも、現世で法の裁きの生け贄となった。わたしは秀樹さんを喪った」

真智子は空を仰ぐ。

「あなたもわたしも、単なる立会人として、歴史の舞台から消えて行くのみ。こんな風に導かれる運命だった。いいえ、もしかすると、すべては偶然の集まりで、運命なんてはじめから無いのかも。運命だと信じるから、それが運命なのかも……」

釈然としない渡辺を後目に、真智子は汀をゆっくりと歩み出す。

遠ざかる影。

汀に残る足跡だけが、真智子がそこに存在していたことを示す。

やがて、波が容赦なく足跡を攫い、存在の痕跡さえ消し去る。

穏やかな大海原だけが、秋の空の下、満々とその碧をたたえている。

あとがき

ある蒸し暑い真夏の夜、眠れないベッドの上で、まんじりともせず天井を眺めていると、開け放った窓から月明かりがさして、雲の影が寝室の壁に揺らめくのが映りました。その時、天使の囁きか、はたまた悪魔の誘惑か、はっと閃き、物語の青写真が浮かび上がってきました。ほんの数分いやいや数秒の出来事でした。それから、頭の中でストーリーが目眩き、眠れないの何のって……。気がつけば辺りが白んできて、雀のさえずりがちゅんちゅん。

さてさて、昨夜浮かび上がってきたままを忘れないうちに、コンセプトとプロットに急ぎ書き上げ、ほっと一息。

ところが、いざ執筆に取りかかろうとするも、思いの外大変なことと言ったら……。世に言う鬼才や文豪などでもあるまいし、不肖のような凡人に、粋な文藻、雅言なんぞス～ラスラ湧いて出るで無し、ワープロの白紙画面とにらめっこし七転八倒、遺跡の発掘調査よろしく、手探りでああでもないこうでもないと、牛の歩みで書き進めてきました。

ようやく読本の体を成してきたなあ……なんて悦に入っているのもつかの間、それまでの四苦八苦はまだまだ序の口。何と、この拙作は不肖を差し置いて独り歩きしはじめたものだからもう大変。物語が生を得て独りでに成長していくとはこういうことなのでしょうか？　まるで暴れ馬の背で翻弄される赤ん坊も同然、ストーリーが勝手に展開するものだから、振り落とされまいと却ってこっちが遮二無二書かされるはめに。

筆が進んでいる、否否、カーソルが進んでいる間はまだまだ御の字。このじゃじゃ馬は、ちょっとでもしっくり来ないレトリックや、歯が浮くような巧言を使おうものなら、ぷいと厩舎に籠もりっきりに……。

こうなっては如何せん、不肖は、神経病みのおおかみの如く、部屋の中を右往左往歩き回り……ようやく、これしかない！　という表現を発掘するに至る。すると、愛しのポニーちゃんはやおら厩舎からお出まし。でまた、好き放題に駆けめぐる。こんな鼬ごっこを繰り返しつつも、なべて進捗具合はぼちぼちといったところでした。

おそらく、一編の文節は、あたかもパズルのピースの如く在るべき所があらかじめ定められているのでしょう。不本意ながら、不肖にはそのあるべき場所がすぐには見出せないのでありました。さても、悩みのたうち回り、やっとこどっこい結末までたどり着いた苦心の作であります。

拙作のコンセプトをひとつ掲げるとするなら reincarnation です。所詮不肖は不器用ですから、奇をてらって、下手な小細工をしたところで、却って作品を台無しにするのが関の山。それよりも、人間を描くのに真正面から取り組もうと努めました。

人と人との関わりは因果によって繋がっていくのだという、ドラマの定石に則り、プロットをたてました。

一応小説ですから、波乱要素《トリックスター》として女《七夕》を回転軸に、筋を展開させていきましたが……。reincarnation即ち、流転あるいは永劫回帰とも呼べるのでしょうが、生と死の大いなる循環の中で、登場人物は生身のまま、愛憎相半ばし、互いに激しく心理のしのぎを削り情念をぶつけ合う、そういった人間の原初的な関係性と、その連鎖や因果応報に、遍くスポットを当てるというのが、目論見の一つであります。

舞台設定は、もう此処しかないと確信を持っていました。夏の日本海中部、海上交通の要所として培われてきた豊潤な土着の文化、懐深い自然、夏と表裏一体の、冬の日本海の厳しさが控えています。

穏やかな紺碧の海に面した海辺、背には山々がそそり立ち、眼前には海が迫る、という逃げ場のない地理的条件の下で、四季がreincarnateし、風土や人々の悲喜交々の営みが濃縮されていく……一所懸命即ち一つ所に命を懸けて生きるという、日本の原風景がありのまま姿を留めているなら素晴らしいだろうな……と半ば願望も込めまして。

忘れてならないのが観世音菩薩の存在です。菩薩様とは、本来であれば仏陀に成り得るところが、衆生を救わんがため敢えて俗世に留まり続ける、ありがたい仏様だそうです。中でも観音様は、母の慈悲で以て、変幻自在に救いの手をさしのべることで、人々をあらゆる迷いから済度する、というのが本願だそうで。

拙作では、観音様は秘仏という設定にしました。人の迷いは人それぞれで、済度の在り方も人それぞれでしょうから、観音様のお姿は皆様のご想像にお任せいたしたい。と同時に、どれほど救いを請い願おうとも、実世間においてはそうたやすく叶うはずもない、という実存の孤独と苦悩を暗示しているつもりなのですが……。

人の営みを永劫という長い尺度で計りますと、同じことの繰り返し、まさしくroutineであります。やがて人の営みひとつひとつが綯い交ぜになり、それぞれの営みは元の面影すら失われ、reincarnationの輪に組み込まれてゆくのでしょう。reincarnationの輪の中から、更に昇華された形として、民俗や伝承が次の世代へと受け継がれてゆくのでしょう。

他方、人の営みを刹那という短い尺度で計りますと、それぞれの時代で全く異なる人達による、全く異なる生き死にが展開されているのです。たとえreincarnationという神の配する輪の中で無に帰されようとも、その時々の名も無き者たちが、確かな実感を以て存在しているということにちがいはないのです。それら個々の人々の赤裸々な生き様に、不肖は無性に愛おしさを覚える次第です。汀に寄せては返す波は、常に同じ事の繰り返しであると同時に、二つとして同じものはないのです。

愚見はさておき、不肖自身、説教じみた哲学臭い能書きはご免被りたい質ですから、とにかく読んで美味なる読本を目指してみました。

ミステリー有り！　ドラマ有り！　エロス有り？　お読みいただいて〝面白かった〟とおっしゃっていただけるものに仕上がっておりましたら幸いです。

最後に、小本を世に送り出す歓びをかみしめることが出来るのも、読者の皆様あってのことと、深く感謝申し上げます。末永くご愛読賜りますよう、心よりお願い申し上げます。

全く無名の不肖を見出し、不肖の出版に多大なるご尽力を賜りました関係者の皆様に、今一度御礼申し上げます。

さらに、執筆の喜びを見出すきっかけを与えてくださった学友、不肖の筆名の名付け親、拙作を理解し執筆を励ましてくださった心友の皆様へ、あらためて感謝申し上げます。

愛する母へ、ありがとう。

著者プロフィール

青桃（あおもも）

5月生まれのふたご座。

生まれも育ちも大阪。

趣味はサイクリング、工芸手芸、絵を描くこと、ピアノを弾くこと。

好物は、桃とハードロック。

汀《みぎわ》の砂

2011年6月15日　初版第1刷発行
2020年12月20日　初版第3刷発行

著　者　青桃
発行者　瓜谷 綱延
発行所　株式会社文芸社
〒160-0022　東京都新宿区新宿1－10－1
電話　03-5369-3060（代表）
03-5369-2299（販売）

印刷所　株式会社フクイン

©Aomomo 2011 Printed in Japan
乱丁本・落丁本はお手数ですが小社販売部宛にお送りください。

送料小社負担にてお取り替えいたします。

本書の一部、あるいは全部を無断で複写・複製・転載・放映、データ配信することは、法律で認められた場合を除き、著作権の侵害となります。

ISBN978-4-286-10484-3